U0140985

中国当代童话新锐作家丛书

魔法飞行的一天

肖定丽 著　　夏末工房 绘

福建少年儿童出版社

图书在版编目（CIP）数据

魔法飞行的一天/肖定丽著. —福州：福建少年儿童出版社，2008.3

（中国当代童话新锐作家丛书. 第二辑）

ISBN 978-7-5395-3210-3

Ⅰ. 魔… Ⅱ. 肖… Ⅲ. 童话—作品集—中国—当代

Ⅳ. I287.7

中国版本图书馆 CIP 数据核字（2008）第 023166 号

魔法飞行的一天
——中国当代童话新锐作家丛书（第二辑）

作者：肖定丽

出版发行：福建少年儿童出版社

http://www.fjcp.com e-mail：fcph@fjcp.com

社址：福州市东水路 76 号（邮编：350001）

经销：全国各地新华书店

印刷：福州德安彩印有限公司

地址：福州市金山埔上工业区标准厂房 B 区 42 幢

开本：890×1240 毫米 1/32

字数：138 千字

印张：7.5 **插页：**8

印数：1－5090

版次：2008 年 3 月第 1 版

印次：2008 年 3 月第 1 次印刷

ISBN 978-7-5395-3210-3

定价：15.00 元

只见女子鼓起嘴，对着成行的梨树和桃树吹了
一口气，那些花蕾就像梦一样，全都舒展开了。雪
白雪白的，那是梨花；粉红粉红的，那是桃花。白
的白透了秘密街道，红的红透了秘密街道。

小六久久地看着蓝宝石戒指，她的嘴唇在抖动，泪花在她的眼里闪现。

老太婆递过来一面挺漂亮的镜子。

阿龙探过头来一看，那颗长了十多年的黑痣真的不见了。

嗬，飞得高了才知道，天上飞的什么都有啊，有猪有狗有猫有鸡有鸭有鹅有老鼠，不会飞的动物今天都在天上，咦！还有一头大奶牛，奶头上正往下滴着奶汁。

天刚蒙蒙亮，森林里飞来一座漂亮大楼的消息就传进了每一个动物的耳朵。动物们站在漂亮大楼前，议论纷纷，最多的还是发出惊叹声。

一串木琴的乐音，湖面飘来一只粉红脸儿的巨大白兔子，像是受了凉，每走一步就打一个喷嚏。没想到，随着喷嚏声，竟然喷出一只小小的粉红脸蛋的小白兔。

"它们长出来的模样一点都不像雨呀。"
"什么？它们长成了什么样子？"播种云心里很紧张。
"它们绿绿的，叶子长长的。还有的五颜六色，开着花……"

目　　录

开满鲜花的秘密街道 / 1

河马的蓝宝石戒指 / 8

不高兴发芽的树 / 15

飞驰的旱冰鞋 / 17

晨雾里的笛声 / 24

播种雨的云 / 35

会打呼噜的匣子 / 40

魔法飞行的一天 / 46

野菊的小街 / 52

住在北街的风神 / 60

路遇 / 71

我跟春天一起发芽 / 76

飞走的大楼 / 83

失去云彩的城市 / 88

老天爷的小女儿 / 96

在马路边招手的熊 / 103

鳄鱼皮鞋 / 112

河马当保姆 / 119

大鼻子先生的故事 / 124

魔法飞行的一天

1

嘟哩公主和她的六个大臣 / 131

小螃蟹的半个贝壳 / 141

奇异的蓝碎花布袋 / 151

雪地里的胭脂熊 / 163

黑猫鼓包和扫把疙瘩 / 175

洗呀洗，睡呀睡 / 192

小狮子毛尔冬（中篇）/ 197

开满鲜花的秘密街道

毛丁丁正走在放学回家的路上，她手里拿着一只纸折成的笼子，里边放着一只春天里最美丽的蝴蝶。那是她在那条秘密街道上逮的。

所谓的秘密街道，名字却是毛丁丁给它起的。这条街道离毛丁丁上学的路有好一段距离，可毛丁丁总爱绕道走。因为，这条路上行人稀少，最吸引她的是每到春天，这条街道上就会开满粉红的桃花和雪白的梨花。每次毛丁丁都傻了似的看着那一树树的繁花，空旷的路上，连一点自行车的铃声都没有，毛丁丁可以傻傻地看个饱。毛丁丁更喜欢这条街道上有着空空的、神秘的气息。

今天下午上学的时候，毛丁丁从秘密街道上经过，抓住了一只白色的蝴蝶，把全班同学眼睛都羡慕绿了。放学的时候，她不由自主地又来到了秘密街道，想再逮一只蝴蝶跟这只蝴蝶做伴。

秘密街道上静悄悄的，偶尔有一两个人经过，都是匆匆的。一眼看过去，满树都是梨花和桃花的花蕾。再过几天这些花儿都该开放了吧？那时，眼睛都会被花迷住了吧。

毛丁丁就这样一边走，一边看。忽然，从一朵花蕾的后面飞出一只粉红的蝴蝶，在毛丁丁眼前低低地一绕，就缓缓地朝前飞去。呀，还有粉红的蝴蝶啊，要不是亲眼看见，真还有点不敢相信。毛丁丁急忙猫着腰朝前追去。"有一只最漂亮的蝴蝶了，再有一只最稀奇的蝴蝶，全校的同学都要羡慕我的吧！"毛丁丁兴奋地想。

也许是毛丁丁手里拿着另一只蝴蝶的缘故吧，眼看到手的粉红蝴蝶，一闪又给跑掉了。毛丁丁穷追不舍，要是她做数学作业也这么执著的话，就不会得那么多的"良"了。

追来追去，毛丁丁忽然看不见那只粉红的蝴蝶了。连一点踪影也没有了。她正打算放弃回家去，却发现自己站在一间漂亮的小屋前。这儿什么时候盖了间小屋呢，好看得有点像音乐盒的样子。透过窗户看去，一个身影在屋子里忙碌着，一阵阵香气正从屋子里飘散出来。是在做什么好吃的吧？这样想着的时候，毛丁丁的脚已经跨进了门里。

"是毛丁丁吧，猜你就会来，所以特意给你煮了玫瑰元宵。"

说话的是一个身穿粉红连衣裙的女子，一转身，真让毛丁丁吃惊，她美得赛过仙女！

"你怎么知道我的名字呢？"毛丁丁说着坐在那张铺着粉红台布的小圆桌前。

"怎么会不知道你呢，去年我就认识你啊。去年的春天你来赏花，你想去闻花香，结果花粉落进了你的鼻子

里，你连打了两个喷嚏。那不是你吗?"女子说。

毛丁丁笑了，想一想真有这么一回事。

"这间屋子去年就有的吗?"毛丁丁问。

"你没注意吗?"

女子没有回答，只是笑眯眯地看了毛丁丁一眼。她来来回回地端东西到桌子上，脚下连一点声音都没有，像一只蝴蝶在擦着地飞。不像妈妈走路，如果毛丁丁在看电视，听见妈妈的脚步声，早早就关上，去写作业了。妈妈的脚步要是像这个女子，毛丁丁就永远别想看动画片了。

"趁热快尝尝玫瑰元宵，味道很好的。"女子把漂着小小元宵的青瓷碗往毛丁丁的眼前推了推。

毛丁丁用小勺送进嘴里一粒元宵，啊，真是少有的香甜。接连又吃了两三粒，浑身热乎乎的。她轻轻地把手里的纸笼子放在桌子上。

女子盯着纸笼子看着，喃喃地说:"是一只很美丽的蝴蝶吧?"

毛丁丁说:"是的，就是在这条秘密的街道上捉的。"

女子又凑近纸笼看了看，看见蝴蝶还在纸笼里挣扎。

"多吃一点，再吃一碗。"女子拿起了毛丁丁面前的空碗。

"这屋子里就住着你一个人吗?"毛丁丁冲着正盛元宵的女子的后背问。

女子说:"我还有一个像你一样大的女儿，今天下午吃过饭，她穿着洁白的裙子，偷偷地溜出去玩，到现在还没回来。我早跟她说，要等花儿全都开放的时候再出去，她不听我的话，结果……"

女子叹了一口气。

"为什么要等到花儿都开放的时候，再让她出来呢？"毛丁丁不明白，她心想，你女儿又不是一只怕人捉的蝴蝶。

"这个嘛……你吃完元宵我再告诉你，元宵凉了就不好吃了。"女子笑眯眯地说。

毛丁丁三口两口吃完元宵，却感到头一阵阵地眩晕。每当毛丁丁吃得太多的时候，都有一种晕乎乎想睡觉的感觉。因为想听女子说她女儿的事，她才强打起精神坐在桌边。

"你能给我讲讲你女儿的事了吗？她为什么只有在花儿盛开的时候，才能出来呢？"毛丁丁紧盯着女子问。

女子说了一句："你跟我来。"

她的粉红的裙子一飘，已经站在满是花蕾的桃树梨树下了。

毛丁丁拿着放花蝴蝶的纸笼子，轻轻地跟在女子的后面。

只见女子鼓起嘴，对着成行的梨树和桃树吹了一口气，那些花蕾就像梦一样，全都舒展开了。雪白雪白的，那是梨花；粉红粉红的，那是桃花。白的白透了秘密街道，红的红透了秘密街道。

毛丁丁惊讶欣喜得只顾得上笑了。

"太好啦！太好啦！"

"为什么不凑近闻一闻呢，桃花和梨花都很香的。"女子提醒发呆的毛丁丁。

哪用凑近闻呢，就是站在远处也能闻到这些花香的啊。

不过，听女子这么一说，毛丁丁还是忍不住凑近桃树那低矮的枝头，手里盛白蝴蝶的纸笼子就放在了桃树下面。她两手捧着枝头上的桃花，鼻子凑近，深深地一吸，像去年一样，花粉又落进了她的鼻子，她打了两个响亮的喷嚏。

就在这时，一只白色的蝴蝶和一只粉红的蝴蝶，在毛丁丁的头顶一绕飞走了。咦，那白色蝴蝶的旁边，不正是她要捉的粉红蝴蝶吗？可待她再去看时，两只蝴蝶已经飞入了花间。大概是白蝴蝶飞入了梨花，粉红蝴蝶飞入了桃花。它们一下子全不见了。这时，毛丁丁想起给她吃玫瑰元宵的女子的话，唉，蝴蝶飞入花丛真不好找哇！她想起地上纸笼里的白蝴蝶，慌忙拿起来看。可是，纸笼里是空的，再也没有白蝴蝶的影子。扭头再看那女子，也不见了。

天，已经黑了。毛丁丁一步一回头，往回家的路上走去。

直到走到自己的家门口，毛丁丁还在发愣呢。

这时，妈妈匆匆地从外边赶回来，一把抓住毛丁丁的手说："你去哪儿了？我到处找你，饭没吃，作业也没做，你呀……"

毛丁丁想跟妈妈说蝴蝶的事，说玫瑰元宵的事，可妈妈哪里顾得上听呢。

第二天早晨上学的时候，毛丁丁早早地离开家，拐到秘密街道。

毛丁丁一路走一路想，昨天的一切会不会是个梦呢？

不是的，秘密街道上的梨花和桃花的确是全开了。秘密街道成了花的小溪了。只是那所漂亮的音乐盒一样的屋子在哪里呢？找不到了。那个会做玫瑰元宵的女子又在哪里呢？也不见了。恍惚中，她又看见了一白一粉的两只蝴蝶在花间一晃，再仔细一看，又没有了。到底是花儿还是蝴蝶，真是说不清啊。

远远的，从雪白的梨花深处，从粉红的桃花深处，传来学校的铃声。毛丁丁撒腿朝学校跑去。

开满花儿的秘密街道很长，在奔跑着的毛丁丁的前边是不尽的桃花梨花；在毛丁丁的身后，仍然是不尽的桃花梨花。

跑着跑着，毛丁丁觉得自己也变成了一只蝴蝶，在雪白的梨花、粉红的桃花上飞，飞，飞……

河马的蓝宝石戒指

东河里的河马黑泥，很喜欢西河里的河马小六。很久了，黑泥只是遥遥地望着小六，没有把"小六，我喜欢你"这几个字说出来。

因为，黑泥没有一只蓝色的宝石戒指送给小六。

黑泥觉得，小六是非常喜欢蓝宝石戒指的。但是，一只大大的蓝宝石戒指对黑泥来说，像天上的星星一样遥远。想到这些，黑泥都没法睡觉。

每天每天，黑泥对着西河只是望着，望着。

黑泥的邻居蓝蜗牛，观察了黑泥好几天，黑泥到底在看什么呢？他猜想着。

这天，蓝蜗牛还是忍不住问黑泥："黑泥大哥，你是不是想搬到西河里去，不想跟我做邻居了？"

黑泥叹了口气，红了一阵子脸，说："不是啊，蓝蜗牛老弟。我，我很喜欢西河里的小六，就忍不住看她。你看她多活泼呀，我喜欢活泼的河马。"

蓝蜗牛笑了，他说："是这样啊，你喜欢那只近视眼的河马小六呀。你喜欢她，应该告诉她。"

黑泥愣住了："你是说小六是个近视眼吗？"

"对呀，一点都不错。你从东河能看见她，她从西河

中国当代童话新锐作家丛书

8

看不见你。"

黑泥才明白，他看了小六这么久，小六都没朝这儿看过他一眼。

然而，就算小六是个近视眼，他也一样喜欢她。他还是一心想送她一只蓝宝石戒指。没有戒指，他就没有勇气说出"小六，我喜欢你"这几个字。

蓝蜗牛明白了黑泥的心事，和黑泥一同叹气。

太阳西斜的时候，黑泥打算回家，他感谢蓝蜗牛说："老弟，谢谢你陪我看小六，还跟我一起叹气。你……"

黑泥注视蓝蜗牛的眼睛忽然瞪大了，他惊叫一声："老弟，你多像一只蓝宝石戒指呀！"

蓝蜗牛一听，探出他的触角，笑了："黑泥大哥，你想蓝宝石戒指都想疯了。我除了壳是蓝色的，别的地方都不像啊。"

黑泥咬定说："像像，我看你像，要是找一根很结实的草，穿过你的壳，结成一个环，你的头也不要在关键的时候伸出来，很像很像一只蓝宝石戒指呀！"

蓝蜗牛看着激动得发抖的黑泥，半天没有说话。

"黑泥大哥，你不是想让我充当蓝宝石戒指吧？"

黑泥说："老弟，我正是这么想的。我不是想欺骗小六，我跟她结婚以后，等有了钱，我可以给她买一只真正的蓝宝石戒指嘛。反正，反正小六正好是个近视眼，不会认出来的。老弟，你就帮我这一回吧，我都失眠好几个夜晚了。"

"黑泥大哥，这不是一件小事。我可不能一口答应你，我得考虑考虑。"说完，蓝蜗牛匆匆地走了。

黑泥望着蓝蜗牛的背影，想再说点什么，又闭上嘴。蓝蜗牛说得对，这不是一件小事。

第二天，蓝蜗牛主动来找黑泥，他答应了黑泥。黑泥高兴得哭了，他知道蓝蜗牛会答应他的，他们是最好最好的邻居呀。

就这样，蓝蜗牛被打扮起来，黑泥要亲手把他送给可爱的小六。

黑泥手捧蓝蜗牛一步一步向西河走的时候，蓝蜗牛心里紧张极了。他不时地探出头来问这问那。

"黑泥大哥，小六要是试试宝石真假，用她的牙咬咬我怎么办？"

"不会的，小六不会。把你的头缩回去，老弟。"

"黑泥大哥，小六要是把我拿银行去鉴定，我会露馅的。我会不会被送上法庭？"

"不会的，小六不会。把你的头缩回去，老弟。"

"黑泥大哥……"

"快把头缩回去，老弟，我们到了。"

……

黑泥站在小六面前，结结巴巴，花了很长的时间，才说出了"小六，我喜欢你"这几个字。接着，他颤抖地捧上了宝贵的"蓝宝石戒指"。

小六久久地看着蓝宝石戒指，她的嘴唇在抖动，泪

花在她的眼里闪现。看得出，小六很喜欢这只蓝宝石戒指。黑泥精心设计的一切成功了！

不久，小六戴着蓝宝石戒指和黑泥结婚了。小六搬到了东河，黑泥再也不用天天朝西河张望了。

当他们真正地过日子的时候，黑泥发现，小六很少戴蓝宝石戒指。干家务的时候，她就随手把蓝宝石戒指放在水槽边，忙这忙那，像是把戒指忘了。

蓝蜗牛呢，趁机舒展舒展腰身，吃点东西，找同伴玩耍。黑泥感到很抱歉，他不能很快就买到一只真正的蓝宝石戒指，把蓝蜗牛替换下来。

蓝蜗牛说："放心吧，黑泥大哥，在另一只蓝宝石戒指来之前，我不会走的。我答应过你，就会做到。"

黑泥很感动，工作起来更卖力。

蓝蜗牛就这样一边玩耍，一边给小六当戒指。有时候他玩得忘了，不是回到水槽上，而是直接回到小六的指头上。可是，小六并没有发现。她像第一天看见他一样，珍惜他，很怕碰坏他，干活的时候，从不戴在手上。

蓝蜗牛当戒指一直当到结婚的时候。那时候，黑泥和小六有了自己的小宝宝。自然，黑泥还是没能买回来一只蓝宝石戒指。

黑泥很不安，他对蓝蜗牛说："老弟，小六再把你放在水槽上的时候，你就逃走别回来了。看来，我这辈子也弄不来一只蓝宝石戒指了。"

蓝蜗牛只是笑笑，什么也没说。

直到有一天，黑泥发现戴在小六手指上的蓝宝石戒指变小了，却变得更蓝更亮了。

"小六，你有没有发现，你的蓝宝石戒指变小了，是不是岁月把它磨损了？"黑泥躺的小六身边，看着小六的手指说。

"没有啊，它和原来一样大，比原来更蓝更亮了。我干活的时候，一点都没碰着它。"小六小心地把它放回到抽屉里。

黑泥几次想对小六说出真相，就是说不出口。

第二天，趁小六不注意，黑泥敲开了邻居蓝蜗牛的门。开门的是蓝蜗牛的妻子，蓝蜗牛跟她站在一起。

"老弟，小蓝宝石戒指是怎么回事？"黑泥问。

蓝蜗牛笑眯眯地说："黑泥大哥，那是我们的儿子哩。我想他比我漂亮一些，小六会更喜欢的。她没有看出来吧？"

黑泥的心头一时热乎乎的，不知该说什么好。他只是说："老弟，老弟……"

蓝蜗牛的妻子说："黑泥大哥，你们很幸福吗？"

黑泥点点头说："对，我们很幸福，这都多亏了蓝蜗牛，和你们的儿子。"

蓝蜗牛很开心地说："你们很幸福，那太好啦！我和儿子作为一只蜗牛，不光当蜗牛，还能给邻居当蓝宝石戒指，不是每个蜗牛都能遇到这样特别的事情，我们感到很幸运。真的，黑泥大哥。"

　　那次交谈以后，这两家邻居，一直很幸福又很幸运地相伴了很久很久。

不高兴发芽的树

　　春天，北街的路边有一棵树没有发芽。它旁边的树都在发芽，只有它没有一点变化。

　　旁边的树喊道："嗨，你睡着了吗？怎么还没发芽？"

　　"不要你管，我不高兴发芽！"它气呼呼地说。

　　"为什么呢？"旁边的树很奇怪。

　　"记得吧，去年我有多绿呀，小鸟在我的树荫里垒窝，都没向我道一声谢。"

　　旁边的树想了想，它真的没听到过小鸟说感谢的话。

　　"卖冰棒的奶奶整整一个夏天，都待在我的树荫里，从没让我吃过冰棒。你都看见了吧？"不高兴发芽的树脸色好难看。

　　旁边的树吃了一惊："你想吃冰棒？这是真的吗？"

　　"还有一次，一个小孩的风筝线断了，是我帮他缠住了风筝。可他不感谢我，摘风筝的时候，还把我的枝子弄断了。哼，发芽有什么好，我才不高兴发芽呢！"

　　旁边的树想了想说："可是不管怎么说，是树就得发芽呀。"

　　不高兴发芽的树假装睡着了，白天也睡，晚上也睡，就是不发芽。

去年的小鸟飞来，见不高兴发芽的树没有发芽，就把家搬到别的树上去了。

卖冰棒的奶奶看着光秃秃的树，叹口气，吱扭吱扭把冰棒车推到了别的树下。

不高兴发芽的树也没有抓住断线的风筝，风筝都在天上飞得好好的，线比去年的都结实。

这天，一个穿绿衣服的环保工人从北街经过，看见了不高兴发芽的树，他拍拍树干说："啊，这棵树看来是枯死了，这很影响市容，明天带铁锹来挖掉它。"

不高兴发芽的树吓傻了，呆呆地盯着旁边的树，一个劲地问："怎么办？怎么办？"

旁边的树说："趁着夜晚，快点发芽吧，不要任性啦！"

不高兴发芽的树也想发芽，可自己能一下长出那么多小芽来吗？它发愁得睡不着觉，急得浑身一阵阵发热，迷迷糊糊的，昏了过去。

早晨，不高兴发芽的树全身长满了绿叶子，可能是因为昨天晚上太着急，身体的温度太高，叶子全给热了出来。

环保工人扛着铁锹从北街走过来走过去，找那棵枯死的树，怎么也找不到。他奇怪地搔搔头，再搔搔头，以为是昨晚做的梦，扛着铁锹走了。

飞驰的旱冰鞋

豆豆穿过繁华的街道，正向一个偏僻的林荫道走去。

豆豆是个男孩儿吧？不是哟，是个当了爷爷的人，他小时候的名字叫豆豆，现在不得还叫豆豆。叫人难为情。不过，小时候人家叫他小豆豆，现在大家都叫他老豆豆。

是老了，头发都白了。

好像是一眨眼的工夫，小豆豆就变成了老豆豆。快得不可思议。小时候的幻想现在都还记得清清楚楚的：有一天要飞起来。就算现在，老豆豆也这么想，最近这个念头好像越来越强烈了。他常常怀疑，有天早晨起床，一摸，自己的两条胳膊变成了一对翅膀。因此，早晨起来的第一件事，他就是伸开手看一看。

再有，他就是爱到这个林荫道上散步，像是这条路有某种东西在召唤着他。

这条路上人少，车辆也少。是条差不多被抛弃的路，在它的不远处，新开了条宽敞的大路，这条窄小的马路，跟那条新路一比，就微不足道了。人和车都去那里热闹了，这里很清静，许多小鸟在树杈上搭了窝，唧唧喳喳唱歌儿。

嗯，这会儿没人，老豆豆左右张望了一番，尽力地伸展两条臂膀。然后右腿也微微翘起来，接着就是拍动胳膊，这可不是什么体育运动，而是在学小鸟飞翔。

这个动作，老豆豆每天来到这条路上，都要做几回，每一次都不会有人发现。一旦有人过来，他就站直身子，两手背后，一副老爷子散步的模样，刚才那活灵活现的动作，只有鸟儿看到过。

正好有一股风吹过来，老豆豆微眯起眼睛，一副安详地飞行在空中的模样。

"为什么不试试这个呢？很好用的。"忽然响起一个少年的清脆的声音，老豆豆来不及收起动作，僵在那里。

这孩子，什么时候到的，怎么连一点声音也没发出来？

哗啦！一双簇新的旱冰鞋从柏油路滑到老豆豆的身边，那少年的脚上还穿着一双，跟这双一模一样的旱冰鞋。还没等老豆豆看清少年那张脸，少年却原地旋转360度，然后刷的一声，向路的另一头滑过去，不是一直在路上滑，而是身子倾斜了，往上升，越过闪着光点的白杨树叶，消失了。

老豆豆眨眨眼，仔细看那双鞋，码号跟自己的脚大小正合适，这么大岁数了，穿旱冰鞋，不是开玩笑吧。

左右看看，反正没人，就算摔一跟头也没关系。

好一会儿才穿上旱冰鞋，毕竟是第一次穿嘛。单排轮的旱冰鞋，不容易站稳的吧？

轻轻地直起腰来，竟然是出奇的轻松，身子往前一倾，脚下就刷地在路面上滑开了。那个孩子，他刚才的动作是什么样的，老豆豆竟也想尝试一下。

就是这样 360 度，刷地就飞起来了。

老豆豆试着转一圈，眼前的一切顿时变得清亮起来，再向着少年驶去的方向一用力，旱冰鞋离开了地面，飞起来，哗啦啦！右肩擦过高大的白杨树梢，他竟伸手摘了一片枝顶上的叶片。举起看看，又新又干净，等等——拿着这张叶片的手，怎么……这样年轻，是一只少年的手啊！往上看，是强壮、富有弹性的胳膊，也是少年的胳膊。这是怎么啦？摸摸脸，是光滑的，没有扎人的胡子茬，天哪，老豆豆又变成了少年豆豆！

"快点呀！"上面响起一个声音，是那个穿旱冰鞋的少年，在起劲地向他招手。

"来啦！"就像他做过无数次的动作一样，只是一挥动两条手臂，就赶上了那个少年。

"到云深处好不好？"少年问。

前面已是云山云海。

"去干什么？"少年豆豆问。

"是云的大型表演，我们得到最里面去，看得清楚些。"少年说着，用力拉了一下少年豆豆的手。

那是两只少年的手，快活而有力的手。

进到云深处才发现，那儿有一片好大好大的蓝色的湖，轻盈的音乐从湖面上划过，悠扬悦耳。

蓝湖的四周是云的看台，云的椅，云的凳，云的桌子。

他们俩选了一个离湖最近的地方坐下，一人一把云的摇椅，中间是一张云桌，两杯冒着热气的茶，白白的雾一直一直在杯沿缭绕。

少年端起一杯来，一饮而尽，咧开嘴笑笑，那茶雾从他的齿间喷吐出来，有趣极了。

少年豆豆也端起一杯来，浅浅地喝了一口，清，香，甜，凉丝丝的，沁人肺腑。再一仰脖子，全都喝了下去。没见人斟茶，那杯又满了，仍在往外扑着白雾。

这时，少年说："快看，表演开始啦！"

一串木琴的乐音，湖面飘来一只粉红脸儿的巨大白兔子，像是受了凉，每走一步就打一个喷嚏。没想到，随着喷嚏声，竟然喷出一只小小的粉红脸蛋的小白兔。

少年看了哈哈大笑。

少年豆豆也跟着笑。

那表演的兔子像是不好意思似的，更剧烈地打起喷嚏，喷出来的小兔子也更多了。直到大兔子自己也成了一只粉脸的小白兔，然后小兔们耳朵缠耳朵，向少年和少年豆豆鞠躬后退下。

蓝色的湖水变了色彩，是浅青色的了。

一条云龙盘旋在湖面上，闭上眼睛，对着少年和少年豆豆吐出两颗心来。白雾般的心闪动着，飞了过来。少年豆豆伸手一抓，原来是棉花糖做的心啊！他当做点心，咬了一大口。棉花糖，已多久没吃呢？

云龙忽然拼尽全身的力气直冲云霄，然后猛扑下来，一头扎进湖水里。

"啊，云龙掉进湖里啦！"少年豆豆紧张得直起了身。

少年的眼睛也瞪大了。

眼看云龙那长长的身子全部没入了湖水里，最后尾巴一摇，彻底消失在湖水里。

很久，没有动静。

少年和少年豆豆正期待着，忽然，湖水又变了色彩，这下是粉红色。

一群洁白的云精灵跃上湖面，打着闹着，连成一片。

这是要上演一个什么样的节目呢？

一阵雨点般的音乐响起，云精灵们纷纷拍着薄薄的翅膀扑向粉红色的湖面，跟湖水合二为一。

啊，湖面上出现了樱花的海洋，好壮观，好炫目啊！

少年和少年豆豆不由得鼓起掌来。

就在他们鼓掌的时候，湖水又变成湛蓝的，从湖心上空的云雾里，飘落下樱花粉红的花瓣来，一朵朵，一片片，美得让人心醉。湖水上起了微波，托着花瓣，直飘荡到少年和少年豆豆的脚边来。老豆豆莫名地伤感起来，忽然，他的肩头被轻轻一拍，在他的脸颊边探出一只龙头来。哦，是那只钻入湖中的云龙啊，什么时候、又是怎样出来的呢？少年豆豆正惊奇间，云龙朝他挤挤眼，伸出云爪，往下一勾，给少年豆豆倒了满满一杯云雾茶。又嗖地离去了。

接着，他们又看了许多云的精彩表演，简直出神入化，让少年豆豆惊叹不已。

少年说："这是云的大型表演，每年都有一次，我已经看了三次，每一次都不一样啊，云的想象力让我穿着最快的旱冰鞋都追不上呢！"

少年豆豆羡慕地看着少年，他多么幸运啊，这么奇妙的表演他都看了三次。他真希望明年仍跟少年一起看云的表演。

少年喝完最后一口云雾茶，心满意足地说："演出结束了，我们也该回去了。是你走在前边呢，还是我走在前边呢？"

少年豆豆看看周围变幻无穷的云，笑着说："这里的路我不熟悉，还是你前边带路吧。"

其实他都不知道自己是怎么到这里来的呢。

少年含笑地点头说："我的速度有些快，你得跟紧哟。"

少年豆豆点点头，心里却有些不服气，不差上下的年龄，不信会被你甩掉。他暗暗摆好姿势，刚要挥动胳膊，身体就轻飘飘地飞了出去，仿佛整个人都没了一点分量。这感觉美妙极了，是一只鸟儿的真正感觉吧。风擦着面颊吹拂，撩起耳边的长发，发出轻微的沙沙声，像是吹动着羽毛。

也就是稍一闭眼体会鸟儿的感觉的时候，少年的身影在眼前消失了。哪里去了呢？真是丢了呀，那么回去的路该怎样走？方向不会错吧？

少年豆豆不知该往哪里去，还是喊一声吧，于是，少年豆豆不放心地对着空中大喊："喂——"

就在他的"喂"声还没完时，他忽然听见有人在叫："哎，你站在那里干什么？"

少年豆豆一扭头，却发现自己还站在刚才的林荫道上，而且还是马路的正中央。这是……

一个开红色跑车的胖子正从车窗里探出头来，冲他嘲弄地叫道："老大爷，是不是你的旱冰鞋出故障啦？到路边修理吧，你得把路让出来！"

老豆豆收起姿势，想滑到路边去，然而却往后一仰，一屁股坐到了路边。

路，总算是让出来了，那红跑车鸣着喇叭向前驶去。

老豆豆摸着脚上的旱冰鞋，长久地查看着，刚才的一切真的发生了啊。不是梦，也不是幻想。旱冰鞋不是还穿在脚上的嘛！只是现在穿着它站都无法站起来，刚才是怎么滑出去的呢？是因为那个少年的原因吧？自己刚才不是也回到了少年吗？

老豆豆缓慢地解开鞋带，把鞋藏在草丛里。

明天再来，明天再来试试这鞋，一定来。

老豆豆满是皱纹的手往旱冰鞋上拍了一拍，就往回赶。

旱冰鞋在阳光下，透过绿色的草叶，闪着金属的光泽。

晨雾里的笛声

　　是这个郊区的花园小区多雾，还是整个城市都多雾呢？阿钟总是弄不清楚。自从来到老姨家，每天早晨起来去送豆腐，都能听见幽幽的笛声。头一次听见，他吓了一跳。毕竟四周太过冷清，只有那一缕笛声直往耳朵里钻。这是谁起这么大早，在雾里吹笛子呢？有些冷吧？想着，阿钟打了个寒战，一头钻进车里。

　　阿钟的老姨孤单一人，住着一套大房子，早想让阿钟过来陪伴，只是担心着家中的豆腐坊，阿钟才迟迟没来。阿钟做豆腐可是一把好手，附近的集市都有阿钟的豆腐铺子。一天，老姨写信给他说，最近她老是失眠，何不把你做的老豆腐拿到城里来卖呢，我早就想吃你做的老豆腐。城里人做的嫩豆腐，她尝都不愿尝一口。也许吃了老豆腐，她的失眠症就会好起来。读了老姨的信，阿钟笑了。老姨真的是太孤独了，老豆腐怎么能治失眠症呢？不过，老姨的信，一下让阿钟有了主意，是啊，把豆腐坊开到城里，让城里人也尝尝乡下人做的老豆腐。这样，不就可以陪伴孤单的老姨，还可以照顾他的豆腐坊了吗？

　　就这样，阿钟老豆腐坊就在郊外租了房子，开张了。

阿钟呢，天天就住在老姨家，只是早晨要起得早一点，开车去豆腐坊把热腾腾的豆腐装上车，送到市中心的菜市场。

还别说，最近，老姨的失眠症果然好了。

老姨说："阿钟，多亏了你的老豆腐啊！"

阿钟就咧着嘴笑，看老姨把一盘盘各种做法的豆腐端上桌，像在摆豆腐宴。

就在今天早晨，阿钟又听见了那幽幽的笛声。声音似乎比以前近了，听得更清楚了。好像就在前边的树林子里。阿钟自言自语："吹得可真不赖。这个人吹笛子可真入迷啊。雾这么大，空气很凉啊。"阿钟钻进了车里，关上车门，那笛声就淡了。他重又打开车门听听。要是天还早的话，他很想去看看吹笛子的人，跟他说一声，要吹得开心一点儿，好像吹笛子的人心情不太好。不管怎么说，他是一个勤快的人，无论阿钟起得有多早，总能听见笛声。"一定得再起早一点。"阿钟嘀咕了一句，终于关上车门，打开车灯，悄无声息地出了小区的大门。

阿钟心里有了计划，早晨就特别小心，第一次醒来的时候，才半夜两点钟。第二次醒来抬头看看床头的夜光表，比昨天早了一个小时。"啊，足够用了。"阿钟一翻身爬起来，走路轻轻的，怕惊醒老姨。但是他的脚还是踢到了昨天没放好的那个啤酒罐，发出刺耳的声响。老姨应声说："阿钟，时间还早得很，再睡一会儿吧。"阿钟含糊地应了一声，坐在软软的沙发上。他知道，老姨不要一分钟就会再次发出细细的鼾声的。果然，老姨不再吭声了。阿钟迅速穿好衣服，出了门。

嗬，起得越早，雾就越大呀，空气也更凉。

整个小区都是安静的，静得好像能听到房子里的人轻轻的呼吸。阿钟往嘴里吸了一口凉气，不由得鼻孔大张，忍都忍不住响亮地打了个喷嚏。"是不是有点太早了，那个吹笛子的人，一定不在哟。"阿钟想着，支起耳朵来。简直怪得很，就在那一刻，笛声响了，在这个多雾的早晨，听上去呜呜咽咽的。

阿钟习惯性地走到停车场，伸手摸了摸车门，湿漉漉的。他缩回手，快步走出了小区的大门。

原来阿钟以为这只是一片很大的树林，没想到再往里走，却是一片片竹林，是不小的竹子啊，摸上去，每一根竹子都又湿又凉，滑溜溜的。笛声就在竹林中响着。阿钟一步一步地走，有点艰难，天本来只有一些淡淡的亮光，被竹林一遮，光线就更暗了。不大一会儿，阿钟的脚就被地上的杂草浸得透湿。唉，不知吹笛子的人是怎么走进来的，穿着湿淋淋的鞋子，怕也吹不出什么欢快的音符来。在林子外边也可以吹的嘛。阿钟想着，往前走着，那笛声，就在前边。

阿钟加快了脚步，他隐隐约约地看见那吹笛人的身影了，坐在林中的空地上，穿的好像是黑裤子，上衣看得清楚些，是白的。阿钟正想打招呼，没想用力过大，脚下一滑，扑通摔了个跟头。这一声响，惊动了吹笛人，他从地上站起来，背向阿钟，飘一般地远去了，笛声也断了。阿钟一急，想站起来，脚下竟然连连打滑，好不容易才抓紧竹子站牢，竹叶上的露珠开玩笑似的，洒了他满身，冷得他打了个哆嗦。再抬头看那吹笛子的人，早消失在对面的竹林里了。

"好怪的人哟！"阿钟又站在原地等了好一会儿，也没见吹笛人露面，笛声也没再响。"好，我改天再来看你，我该送豆腐去了。"这样想着，他就湿漉漉地出了竹林。

阿钟本来想把这件事对老姨说的，可是怕老姨听了又一惊一乍的，夜晚失眠，他就忍住没说。脚上的湿鞋子也处理得干干净净。

阿钟犹豫着明早是不是再去一趟竹林，又一想，还是等等吧，那吹笛人被人看见，一定是受了惊吓，不敢再吹了。等明早听听再说吧。

早晨，阿钟去开车门的时候，又听见了笛声。阿钟笑了。

这天，阿钟开车拉来了热豆腐，走到那片竹林，不由自主地把车停下来，顺手拎起已切好的两块热豆腐，向竹林走去。

今天的雾是薄薄的，竹林里光线好一些。

有了上次的经验，阿钟这次行动小心多了，加上天色也好，走得快多了。

又到了那片空地，那个吹笛子的人站在空地的中间，啊，是一个孩子！穿的还是那天的衣服，白上衣，黑裤子。

一步一步，阿钟靠近了那个吹笛子的男孩，而那男孩好像一点也没发觉。

阿钟已站在了男孩的身后，他犹豫着，不知该怎么开口。

没想到，笛声停了。男孩转过身来。

阿钟的手电筒也亮了。

是一双很大的眼睛，头发长长的，乱乱的，那只笛子本来是横在嘴边的，现在紧紧地攥在手里。

那双眼睛一直盯着阿钟。

阿钟一时无措，笑笑，他扭着身子，说："啊，是这样，天天听你的笛声，真是好听啊。今天，不由自主就跑过来了。这是我做的老豆腐，也许你爱吃。"

男孩看了阿钟好一会儿，才缓缓地伸出手来，接过那袋豆腐。

阿钟搓搓手，看着男孩手里的笛子问："你每天早晨都起这么早吹笛子，很冷的呀。"

"我习惯了，两年都是这样。"男孩说。

"什么？"阿钟吃了一惊，"你是说，两年来都是这样吹笛子的吗？真不容易。难得你这么喜欢笛子。"

"是我妈妈喜欢。"男孩低声说。

"是这样，因为你妈妈喜欢，所以你就天天练，你很孝顺。不过，到底是个孩子，身体要紧，你穿得可真薄。你可以在家里吹给妈妈听，何必跑到这竹林子来呢？一个小小的孩子，怪吓人的。"阿钟不知不觉就喜欢上了这个孩子。

"我妈妈不在这里，她去了遥远的南方。"男孩说。

阿钟一脸惊奇，"她为什么不带你去呢？"

"她不知道我在这里。"

"一个母亲不知道儿子在哪里，多糟啊。这是怎么回事呢？"阿钟想不明白。

男孩叹了一口气，两眼热切地盯着阿钟说："你可以带我去找她的，你肯带我去吗？我想她已经想两年了。我不敢越过这大街，我害怕被人看见？"

"被人看见？这有什么？"

男孩打断了阿钟的话："我知道你有一辆绿色的车，你可以帮我，不会耽误你很多时间的。"

"遥远的南方，怕……"说着话，阿钟的头一阵眩晕，忽然就说，"好，你跟我来，我送完豆腐，就带你去。"

男孩笑了，他的牙又白又结实，很可爱。

不大一会儿，男孩已经坐在阿钟的车上。

"好，坐稳了，我们走。"阿钟说。

"唉。"男孩答应一声，声音里充满了欢喜和感激。"我能把窗户开一半吗？我想呼吸大街上的空气。"

阿钟说："随便你，大街上的空气可没有竹林里的好，市里的空气好像都被污染了。"

男孩没说话，打开了窗户，鼻子鼓起来，嗅着外面的空气。

把豆腐往菜市场里一放，车就拐向了另外一条街，然后一直往南开。

"对，就是这个方向，没错。叔叔，你知道南街吧，就在南街的街口停车就行了。"男孩很有把握地说。

阿钟暗自笑了，南街的街口，就是男孩说的遥远的南方吗？

这个时候，路上的车少得很，送男孩去南街，用不了多长时间，天都不会亮，准能到南街的街口。要是男孩的妈妈就在那里，他母子二人两年没见面就太可惜了。阿钟扭头正要问个明白，忽然看见刚才坐在座位上的男孩变了，成了一只黑白分明的熊猫，正目光闪闪地望着窗外！

阿钟的心头一热，目光也模糊起来，他赶紧放慢车速，再次回过头去。这次他看见的仍是那个大眼睛的男孩，手里紧紧地握着竹笛。阿钟朝他咧嘴一笑，男孩也报以微笑，露出他好看的牙齿。

刚到南街口，男孩就连连叫道："到了，到了！我要下车！"

"这就到了吗？"阿钟还迷迷糊糊的。

男孩猛地跳下车，朝阿钟挥挥手，蹦跳着跑进了晨雾里。

"希望你能快点见到妈妈！"阿钟冲着车外喊。

阿钟还没听到男孩的回答，已不见了他的踪影。

"没想到会是这样，离得不远嘛！"阿钟自言自语，调转了车头。

车开回家后，天才亮起来。阿钟哼着歌，一脸的笑。

"快回来，我今天早晨做了葱油饼，你不是最爱吃吗？今天这么高兴，是不是豆腐摊的生意特别好？"老姨说。

"才不是呢。"阿钟愉快地坐在饭桌前。"老姨，有一件事我一直没跟你说。"

"跟我说说吧，是什么新闻呢？"老姨最爱听阿钟传播新闻。

"你有没有听到过后面竹林里的笛声呢？"阿钟问。

老姨说："能没听过，我都听了两年了。特别是我失眠的时候，听得可真切。就是吹笛子的人好像不很高兴啊，总吹得凄凄惨惨的。你怎么会问起这个？"

阿钟就老老实实地把今天早晨的事说了一遍。老姨听了直感叹，说这个孩子的命可真苦。多亏了阿钟，要是她早知道，她早就带那个孩子来家里做伴了。

"看上去，他的身体还好吧？"老姨还有点不放心地问。

"好着呢，蹦蹦跳跳地去找他妈妈了。"说完，阿钟离开了饭桌。

老姨还在回味着刚才的故事，时不时地发出一声感叹。

这件事就这样过去了，没想到当天的城市晚报上的一则消息，让阿钟大吃一惊。

阿钟有看晚报的习惯，今天他和往常一样，躺在沙发上，随手翻开城市晚报，一则消息映入了他的眼帘：

南街动物园今天出现了一件奇怪的事，熊猫妈妈两年前失踪的孩子，忽然在今天早晨莫名其妙地回到妈妈的身边。两年前的熊猫仔，今天已成了大小伙子。令人疑惑的是，原来一直生活在北街动物园的熊猫妈妈，两年前已迁来南街动物园，它的儿子是怎么找到它的呢？这件事令来观赏熊猫的人们大为惊叹……

阿钟一下就想起了车上自己那一回眸，他还以为是自己一时眼花呢，没想到吹笛子的男孩果然是一只可爱的熊猫！看了这则新闻，阿钟再也没心思看别的新闻了。应该说，这则新闻是他阿钟制造的呀。

第二天，阿钟送完豆腐，就直奔南街动物园。只是还没有到开园的时间，他站在门外等了很久，才进去。

来观赏熊猫的人一群又一群，熊猫母子在院子的中间走来走去，阿钟很难看清楚它们。他也不想打扰熊猫母子，远远地看就远远地看吧。"要是小熊猫看见我，会不会认出我来呢？"阿钟想着。但是直等到正午，熊猫母子也没到栏杆这儿来，好像它们母子还没亲热够，小熊猫一步不落地伴随在妈妈的左右，让母亲用舌头舔它。

阿钟有些满足，又有一点点失落地离开了南街动物园。

就在离动物园不远的大树后，阿钟看见了一件熟悉的东西，啊，是男孩用过的笛子！他三步并作两步跑过去，把那支笛子紧紧地握在手里。这是熊猫男孩留给他的，他很清楚，不知道是激动还是怎么的，阿钟的眼睛发潮，他想哭，可却忽然笑了。

阿钟虽然不会吹笛子，但那支笛子却一直留在他的床边，每天早晨，都要多看它两眼。很愉快的哟。

播种雨的云

播种云一年四季都在播种，播种，播种他的雨到大地上。不播种的时候，他就躺下来晒太阳。播种雨的时候，他的身上总是湿漉漉的。一有空，他就躺下来晒太阳，要是让胳膊腿总是湿着，会得关节炎的。那样，他就当不成播种云了。

播种云晒得正舒服，流云滑过来。流云的脚上踩着云滑轮，轻轻一点，滑轮就带他去想去的地方。流云是播种云的好朋友，爱到各地去旅行，他是最有见识的云。

"嗨，老朋友，躺着多没意思，不如我们结伴去旅行吧？"流云滑到播种云身边，热情地打招呼。

和播种云一起旅行是流云的梦想，和好朋友一起旅行才最有趣。

播种云直起身，想了想，摇摇头说："不行啊，明天，我还有播种任务，今天除了晒太阳，哪里都不想去。"

流云摇摇头，他说服不了播种云，播种雨是播种云的爱好，就像他爱好旅行一样。忽然，流云一拍脑门说："我旅行的时候，可以看看你播种的雨长成什么样了。"

"好主意！"播种云高兴地说，"你帮我好好看看，天黑我等你的消息。"

第一次是为了好朋友去旅行，流云的旅行速度比以前快得多。

流云走后，播种云就一直等待着，流云会带回来什么样的消息呢？

天黑前，流云急急忙忙地找到播种云，还没等播种云开口，流云就忙不停地问道："播种云，你种下的雨，是不是清亮清亮的雨水，有大雨还有小雨，有时候是中雨对不对？"

播种云点点头，问："怎么啦？它们……"

"它们长出来的模样一点都不像雨呀。"

"什么？它们长成了什么样子？"播种云心里很紧张。

"它们绿绿的，叶子长长的。还有的五颜六色，开着花……"

播种云想象着，绿绿的，五颜六色的，样子一点都不像雨哟。想着想着，播种云有点失望。

流云很遗憾，给播种云带回来一个他不满意的消息。

第二天，播种云都没心思再去播种雨，他脚步沉重地去找流云。

"你能再帮我看看吗，我种下的那些雨……"

用不着多说，流云爽快地答应了，朋友就是朋友。

一整天，播种云也不想晒太阳，一滴雨也播不下去。他在等流云，一直在等。

这一次，流云是第二天才回来的，害得播种云一整夜都没睡好觉。"一定是坏消息，流云不肯来告诉我了。"播种云猜想着。

播种云正在家里胡思乱想的时候，流云一下推开了他的门，脸上全是笑容。他一进门就喊道："老朋友，你播种的雨，长成了小溪，河流，清清的湖，大大的海！小溪在唱歌，河面上划着船，湖里跃出一条红鲤鱼，大海嘛——"

"大海怎么样?"播种云急切地问。

"大海卷起的浪花把我的衣服全打湿啦!"

说着，流云兴奋得撩起沾着海水的衣服。播种云激动得不停地笑，他紧紧地拉住好朋友的手，感谢他带来这么好的消息。

"好啦，我该回去洗个澡，我的衣服都变咸了。"流云说。

"谢谢你，我的好友!"播种云说。

流云已经走到门口，又停下脚步，回头轻轻地问播种云："你真的不喜欢那些绿色的叶子，和那些五颜六色的花吗? 它们美极了，我很喜欢它们。"

播种云不知道该怎么回答他，幸好流云匆匆地走了。

早晨，打算出门旅行的流云正好碰上播种云。

"怎么样，老朋友，一起结伴去旅行吧?"

播种云愉快地回答："不行，我忙得很，要急着去播种雨呢。"

流云看着播种云的背影，大声说："我今天去东南方

向旅行，不要在那个方向播种雨，我旅行的时候，不喜欢把身上弄湿。"

"我知道。"播种云回头对流云说，"我希望，我播种下的雨，能长出更多你喜欢的绿叶和五颜六色的花。"

流云笑了，他知道，播种云又要忙碌好一阵子。他脚下一点，朝东南方划去。

会打呼噜的匣子

高个子大爷家有一只神秘的匣子，那只匣子是暗红色的木头做的，因为高个子大爷经常用手抚摸它，使它变得闪闪发亮。

那可不是一般的匣子，那只匣子会打呼噜，像一只你一抚摸它，它就打呼噜的老猫。人们经过高个子大爷的窗前时，就能听见"呼噜噜，呼噜噜"的声音。有时，高个子大爷对着会打呼噜的匣子说话；有时，高个子大爷靠在会打呼噜的匣子旁边打盹；有时，高个子大爷就静静地看着会打呼噜的匣子，什么也不说。

很多人想知道会打呼噜的匣子的秘密，高个子大爷就是不肯说。

高个子大爷爱自己给自己讲这个匣子的秘密，当他一个人太寂寞的时候，他就开始给自己讲匣子的故事。

这天，他又开始讲了，正好我从窗前经过，听到了这个故事。现在讲给你听。

这个故事发生在 30 年前，那时候高个子大爷才刚刚当上高个子爸爸。

高个子爸爸 30 多岁了，才得一个儿子，当爸爸的心

情比当皇帝的心情要好 100 多倍。他唱着歌上班，唱着歌回家，反正无论干什么，他都要唱歌。

可是，后来，高个子爸爸的歌声变小了。再后来，高个子爸爸的歌声没有了。

高个子爸爸发现，他的儿子，不会哭，不会笑，光会睡觉打呼噜。他的儿子是个睡儿子。

睡儿子的妈妈说："我们带儿子去医院看看病吧。"

高个子爸爸不忍心，说："我不想看儿子打针吃药，让儿子睡吧，好好地睡吧。"

睡儿子就呼噜噜呼噜噜，从白天睡到黑夜，又从黑夜睡到白天。

到了上学的年龄，睡儿子的妈妈说："我们送儿子去学校读书吧？"

高个子爸爸认为一个好儿子应该有知识，就同意了。

可是，没上两天，睡儿子就被老师送回来了。

老师说："睡儿子一打呼噜，全班同学都睡着了。我没法上课呀！"

高个子爸爸说："好，我不会再让我的睡儿子去上学了。"

睡儿子就继续在家打呼噜。这次的呼噜打得好长哟，一打就打到了上班的年龄。

睡儿子的妈妈说："该让睡儿子去上班了。"

高个子爸爸给睡儿子找到一份工作。

睡儿子上午去上班，下午就被经理背着送回来。

经理用手绢擦着脑门子上的汗说："累死我了。你们的儿子打呼噜，不但传染得工人睡着了，就连机器都睡着了。他被辞退了！"

经理说完，转身就走。

高个子爸爸不停地对着经理的后背说："对不起对不起对不起！"

经理走出门，又转了回来，说："不行，你得付给我工钱，我背你儿子流了不少汗。"

高个子爸爸只得付给经理工钱。

睡儿子第一天上班，却给经理发了工资。

"哈哈哈，怪好笑的！"高个子爸爸说。

"你还笑，我看儿子马上得送医院治病，不然，我们老了，儿子该怎么办？"睡儿子的妈妈说。

高个子爸爸不太情愿地送儿子去医院。

医院里的病人真多，要排很长很长的队。高个子爸爸带着儿子正在排队，另外一个爸爸也带着儿子来排队。

"你儿子得的是什么病？"那个爸爸问。

高个子爸爸说："也没什么大不了的病，就是一天到晚睡不醒。"

那个爸爸说："真不算是病，我儿子要像你儿子一样就好了。"

"你儿子得的是什么病？"高个子爸爸问。

"我儿子得的是失眠症，一天到晚睡不着。"

"可是，你儿子已经睡着了呀。"

那个爸爸回头一看，可不是，他那一天到晚睡不着的儿子靠在睡儿子身边呼呼大睡。

那个爸爸吃惊得张大嘴巴，他看看睡儿子，又看看自己的儿子，恍然大悟。

"啊，你儿子的呼噜声真见效，我儿子吃了多少药，打了多少针都没用，没想到一听到你儿子的呼噜声，他他他就睡着了！"那个爸爸感动得直搓手。

高个子爸爸说："没想到我儿子的呼噜声还能给人治病。"

那个爸爸把高个子爸爸拉到一边，悄声说："你还给儿子治什么病，你儿子的病能让你发财呀！你可以把你儿子的呼噜声用录音机录下来，卖给那些失眠的人，保证畅销。"

高个子爸爸想：这倒是个不错的主意，儿子不用打针吃药了，还可以挣钱，太妙啦！想到这儿，高个子爸爸背起睡儿子就跑。

从此，高个子爸爸不上班了，就坐在家里录儿子的呼噜声，然后到外边去卖磁带。

慢慢地，高个子爸爸老了。慢慢地，睡儿子的妈妈也老了，后来，她去世了。

现在只有高个子爸爸和天天打呼噜的睡儿子了。

睡儿子的呼噜声果然治好了不少人的失眠症。

可是不久，当很多人知道了高个子爸爸用儿子的病挣钱的时候，都不买他的磁带了，见了他都责备他。

高个子爸爸在这个城市里生活不下去了。

高个子爸爸就把睡儿子装进一只红木匣子里，搬到了另外一个城市里。

高个子爸爸老啊老，老成了高个子大爷。

睡儿子呼噜打啊打，现在还在匣子里打呼噜。

听完故事，你明白了吧，那只神秘的匣子里是高个子大爷的睡儿子。高个子大爷后悔他做的事吗？当然后悔。他也带睡儿子去医院里看过，可是医生说要是从小的时候治说不定还能治好，现在神医也无能为力了。高个子大爷只好天天听睡儿子的呼噜声，天天听也听不够。

如果有一天越来越老的高个子大爷去世了，匣子引起大家的注意，希望科学家不要费精神去研究它，还以为它是魔怪或者是外星人什么的。麻烦你跟科学家说一声，把这个故事讲给他听。

魔法飞行的一天

早晨，我打了个哈欠要起床，发现身子轻飘飘的，想站起来，却一直浮到天花板上。

"妈妈，爸爸，我飘起来啦！我飘啦！"我大喊。

没想到爸爸妈妈从窗外探过头——八楼的窗外呀，朝我喊："快从窗户里飞出来！"

飞？我会飞？

我糊里糊涂地试着一扭头，身子果然朝窗户飞去！奇啦！

刚飞出窗户，爸爸妈妈伸出手，像抓一只气球一样，一人抓我一条胳膊。爸爸妈妈的另一只手在抓着阳台上的晾衣架，像是在晾干自己。

再看看外面，有的人抓着树枝，有的人拼命搂住电线杆，院子的葡萄架上吊着三四个人。有人尖叫，有人呼喊，有人哭，有人在哈哈大笑。

"妈妈，我是不是在做梦，你掐掐我吧。"我说。

妈妈摇摇头说："我没法掐你。"

的确，妈妈的两只手都在忙着。

爸爸转过脸问我："你是怎么飞起来的？"

我说："我……我就打了个哈欠哪。"

中国当代童话作家说丛书

46

爸爸说："我是清嗓子，咳了一声，只一声，就飞了。"

妈妈说："我没打哈欠，也没清嗓子，跟平常一样，正打算去厕所呢，走着走着，脚就离开了地。我想去厕所呀。"

但她不敢一个人飞回去。

爸爸朝左右望望，神色凝重，压低嗓门说："看来，地球是翻了个身！"

"孩子他爸，你说啥?! 地球它……"妈妈惊天动地地大叫一声。

"嘘——"爸爸朝她使眼色。

妈妈极力想控制自己，她是一个自制力差的人，憋得下巴直抖，她终于假装想上厕所，流起泪来："厕所……我的手都没力气了。力力呀，你还这么小……"

妈妈捏着我的手，汗水直往下滴。她的手比刚才滑多了。

与此同时，周围的邻居们，他们抓东西的手也渐渐地松了劲儿。

完了！大家要一同掉下去了，天知道要掉到哪里！火星，土星，太阳系……宇宙多大呀，够我们掉的。

这会儿，想哭的人很多。

正当大家绝望的时候，天空中响起一个洪亮的声音："这是魔法飞行的一天，不会飞的人们，尽情地飞吧！"

飞吧——飞吧——飞吧——

他那奇特的声音在空中回荡着，就是没法看见他在哪儿说话。

短暂的沉默后，大家明白了是怎么回事，狂呼大叫，撒手兴奋地飞向天空。

由于飞得太急，爸爸的头和邻居老于大伯的头"咚"地撞在了一起，痛得嗷嗷直叫。这下冲击力不小，爸爸打着旋儿直朝一棵大树撞去，"呼啦啦"一阵巨响，他被紧紧地卡在树杈里。爸爸是个大胖子，肚子出奇的大。

"爸爸，我来拽你出来！"我飞到爸爸身边。

爸爸昂着头，眼睛忽然直了，他指着天空惊叫："看，你妈妈她她她……"

妈妈像一把利剑，手脚并拢，直刺天空，飞速变小。

"这样的速度，她会飞到外太空的！这个傻瓜，一点都不会控制，真是没飞过。"爸爸在树杈上焦急地说。

他自己飞得也不怎么样。

妈妈还没上厕所，但愿外太空有厕所。

"一二三！"我用力一拉，爸爸的裤子撕掉了一块，才脱离了树杈。他甩开我说："我去找你妈妈，你记住飞得比树梢高点儿就差不多了。"

我可以悠闲地飞了。

飞，是我做梦都想的事哟。

"嗨，力力！"一个女孩的声音在叫我。

哎哟，这不是五号楼的妮妮吗？文文静静的妮妮这会儿骑着一头猪，还是黑白相间的花猪，花猪摇着尾巴，胖脸上堆着笑，像是在说：咱是飞猪哩！

"这猪不错呀，哪来的？"我问。

妮妮撩开在空中乱飞的长头发，细声细气地说："空中捡的呗。"

"空中捡的？"我不相信，转头四下里看，嗬，飞得高了才知道，天空飞的什么都有啊，有猪有狗有猫有鸡有鸭有鹅有老鼠，不会飞的动物今天都在天上，咦！还有一头大奶牛，奶头上正往下滴着奶汁。我猜想它飞前正挤奶来着。

"想捡猪吗？"妮妮问。

"捡条狗也行。"我说。

正说着话呢，一条斑点狗散步一样地飞过来。我叉开两腿，一屁股坐在斑点狗身上。斑点狗倒很乐意，我在它身上一点也不显分量。

妮妮骑着花猪和我并排飞着，不好，一阵大风刮过来，我和妮妮被吹了个头朝下。"呀！"妮妮一把扯住花猪尾巴。

"吱——"花猪痛得失声尖叫。

"妮妮，用两腿夹紧猪肚子！"我指挥妮妮。

我的腿快把斑点狗夹成热狗了。

花猪和斑点狗四脚朝天，却丝毫不害怕。

"噼里啪啦！"有什么东西擦着我的鼻子掉下去。

就听有人叫："我的钥匙！我的钱包！我的手机！"

那人也擦着我的鼻尖飞下去。

我马上调整，把自己正过来，妮妮也学我的样子做。我摸摸自己的口袋，里面的四枚硬币和快要收集全的金刚卡不见了。早知道今天要飞，穿上带拉链的口袋才好。

　　"看，有人在空中捞东西。"妮妮说。

　　可不是，几个人脱下自己的衣服，头朝下抓捞上面掉下来的东西，东一捞，西一捞，像是渔翁。捞着捞着，他们争抢起来，在空中挥起拳头，结果捞到的东西全都掉了下去。

　　警察飞过来，把两个打架的人手铐在一起，一个铐左手，一个铐右手。因为今天是魔法飞行日，所有的人都得在空中飞，回不到地面。那两个打架的人，只好在空中戴着手铐飞了。警察气呼呼地教训他们说："百年不遇的一个魔法飞行日，被你们搅了。不行，得加倍处罚你们！"

　　警察一恼，又把他们的脚铐在一起，他们像连体人一样，一个飞到哪里，另一个也必须飞到哪里。大家都看着他们笑，他们自己也笑了。警察呢，只管飞自己的去了。

　　我和妮妮飞到一个地方看热闹，好多人都在空中围观呢。原来是一个婴儿在飞，穿着纸尿裤，嘴里还一股一股地流口水，他的妈妈在旁边给他讲画报上的故事。飞着讲故事，婴儿的妈妈可是平生第一遭。

　　我和妮妮一直往前飞，一直往前飞，经过沙漠，经过冰川，经过别的国家，现在我们飞行在波涛汹涌的大海上。

　　小心！魔法飞行日要结束啦！海里有鲨鱼！

　　别逗啦，谁不知道，鲨鱼这会儿正在空中云游呢。

　　魔法飞行日，其实才刚刚开始呢。

野菊的小街

　　已是深秋的天气了，外面笼罩着浓雾，才早晨四点多钟，大旺就和奶奶出了门。奶奶要去离城 100 多公里路的山里叔叔家，照看刚生下不久的小孙子，让大旺用那辆旧面包车送她。

　　大旺一推开门，就叫起来："这么浓的雾，不好走哇！"

　　大旺打着哈欠，还想再回去睡个回笼觉。

　　"别再多说了，车开得慢一点就是了。"奶奶系紧头上的暗花围巾，手里拎着个鼓鼓的蓝布包，那里面，有一半都是质地柔软的尿布。

　　大旺嘟嘟囔囔地把奶奶和她的蓝布包安顿好，发动了车子。车灯一亮，出了院子的大门，朝左拐去。

　　四周是静悄悄的，人们还在梦乡，街上这儿那儿，全是雾。一些细小的雾落在车灯的光柱里，泛着淡淡的光泽。正当大旺转动着方向盘，拐向那条长长的小街的时候，车子却开不动了，空旷的小街像是有一堵无形的墙，挡住了面包车的去路，无论大旺怎么努力，车子仍是无法前进。

　　"大旺，你快点开啊！"奶奶恨不得眨眼间就能到叔叔家。

"开不动啊，奶奶。真是奇怪了！"大旺打开车窗，朝路两边张望。没有东西挡住啊。

"下去看看吧。"奶奶提醒。

大旺跑到车下，检查了四个车轮，都是好好的，没有任何障碍物。只好又回到车上，加足马力，再试一试。

还是不行啊。

就在大旺和奶奶焦急的时候，前面传来一阵嘻嘻哈哈的笑声。

"是谁在说笑?"奶奶朝车窗外张望着。

大旺也朝外探着头，眯起眼睛，可是雾太大，根本没法看清。

笑声越来越近，从声音上可以判断出是很多很多小孩子在说话。

"是一群上学的孩子吧。"大旺对奶奶说。

奶奶说："上学的孩子不会起这么早，隔壁的小玉都是七点多钟才去上学的呀。"

经奶奶这一说，大旺想起来了，小玉可不是每天七点半才离开家的吗。

说话声到了车前，原来是一群小女孩，大概有几百个吧，互相簇拥着，高矮都差不多，全穿着黄色的太阳裙。走在最前面的孩子显然没想到这儿会停着一辆面包车，说笑声戛然而止，往后退了几步，愣愣地盯着面包车看。

"这些孩子是干什么的？让她们快走，我们好赶路啊。"奶奶说。

大旺还没说话，就有一个小女孩过来敲玻璃窗。

"叔叔，能关掉你的车灯吗？我们要在小街举行一年一度的纪念仪式，时间不多了，马上就得开始。"

大旺连考虑也没有考虑，就点头答应了，"啪"地关了车灯。

她们要干什么呀？小孩子在这条小街上搞什么纪念活动呢？这条小街有什么好纪念的？还是一年一度的纪念活动。大旺正想着呢，发现奶奶不声不响地下了车。大旺怕路面湿漉漉的，奶奶滑倒，也跟着下了车。他挽着奶奶的胳膊时，却发现奶奶在轻轻地抽动着鼻子，像在空气中嗅着什么气味。

"好熟悉的味道哇！"奶奶有点激动地说。

"嗯？"大旺不知道奶奶在说些什么，他也闻到空气中有一股袭人的香气。

"嘘——"

奶奶不让大旺发出声音。

只见几百个穿黄裙子的小姑娘，把手里的一盅盅清水洒在路面上，那个曾过来敲车窗的女孩说："喝吧，这是山里的泉水，又清又甜。"

洒完清水，小姑娘们手挽着手，像微风吹拂下的花儿一样，轻轻地晃动起来，嘴里在轻轻地哼唱着。大旺竖起耳朵也听不清她们唱的是什么，但那是一支动听的歌，歌声，让大旺的心微微颤动。透过朦胧的晨光，小姑娘们的黄裙子似乎把整条小街都点亮了，小街从来没有像现在这样温馨而动人。

唱完歌，她们散开了，每个小姑娘都像是在地上寻找着什么，好像又难以找到。后来，她们伏下身子，亲吻着小街。是的，这条小街都被小姑娘们吻遍了。

大旺听见奶奶像是在抽泣，扭过脸，看见奶奶正用袖子擦拭泪水呢。奶奶这是怎么回事啊？正纳闷时，那个敲车窗的小姑娘又过来，对大旺说："我们的纪念活动结束了，你的车可以开走了。耽误你们的事情了吧？"

大旺还没答话呢，奶奶急急地说："不耽误不耽误，你们也是很不容易的呀。"

小姑娘看了看奶奶，忽然问道："你们这是要到哪里去呢？"

"我要到 100 多公里以外的山里去看我的小孙子。没想到这么巧，碰见你们在这儿搞纪念活动。"

小姑娘回头跟她的伙伴们嘀咕了一阵子，转过身来对奶奶说："不知道我们可不可以搭一下你们的车，我们跟你们好像是同路呢。"

大旺在一边连连摇手说："不行不行，你们几百个人，我的面包车坐不下的啊。"

小姑娘笑了笑说："我们有办法坐得下，你和奶奶尽管在前边坐好，我们不会挤着你们的。"

"既然这样，就让她们坐上来好了。"奶奶说。

大旺只得打开车门，让几百个小姑娘排着队往车上走。他心想，能坐10个人就不错了，几百个小姑娘，无论如何也坐不下。

一会儿，小姑娘大声说："一个不剩，全上来了。开车吧，叔叔。"

大旺吃了一惊，小街上真的一个小姑娘也没有了。他想回头看看几百个小姑娘是怎么挤在他小小的面包车里的，但刚要回头，就被奶奶推了一把："大旺，时候不早了，快点赶路要紧。"

大旺开动了车，真是怪哟，刚才一点也动不了的车子，自己好了，顺顺当当地开出了小街。这可是他开车以来从没遇到过的怪事。

路上，大旺几次想回头看看后面的小姑娘们，但今天的雾太大，他丝毫不敢分心。只是觉得后面几百个小姑娘安静得异常，她们怎么不像刚开始见到的那样，嘻嘻哈哈了呢？奶奶紧闭着嘴，一句话也不说。奶奶也有点反常呢，平常她见了小孩子总是问个没完，跟隔壁的小玉天天都有说不完的话。今天是怎么啦？

到了中午，雾散了许多，100多公里的路，走了太久。前边的路看清楚了些，大旺有点放松地看了看车前的反光镜。这一看，让他惊讶极了，他看见车里挤满了黄色的野菊，哪有小姑娘的影子啊！一时间，大旺的脑子有点恍惚。奶奶及时地咳嗽了一声，大旺才清醒过来似的，再不敢往反光镜里看一眼。

刚到山上，大旺听见那个小姑娘在喊："叔叔，停车，我们到了。"

大旺停下车，他还是不敢回头，他的脖子都有些僵硬了。

"谢谢奶奶！谢谢叔叔！"

几百个穿黄色太阳裙的小姑娘一齐跑到车前，向大旺挥手。

"不谢，不谢！"奶奶笑着跟她们挥手。

"再见！"

几百个小姑娘转身向山坡跑去，跑着跑着，她们的身子一个接一个地矮下去，眨眼间，变成了遍布山坡的野菊。那么黄，那么灿烂，使暗淡的山坡，顿时明亮起来。

"好漂亮啊！"

大旺不由赞叹道。

"当初她们住在小街上的时候，才叫漂亮呢。"

奶奶忽然说。

"她们原来是住在小街上的吗？"大旺想不明白，那是一条柏油马路，这些小野菊怎么可能在那儿生长呢。

"那是许多年前的事情了，那是一条铺满黄色小野菊的小街呀！那真叫漂亮啊！可是后来，小街成了柏油马路，她们就搬家了。谁也不知道她们搬到了哪里……这么多年了，她们倒没有忘记老家，多有情义的小野菊呀。"

奶奶叹了一口气，陷入了沉思，大旺再往下问，奶奶就不再搭话了。

　　从那以后，大旺喜欢上了小街，还爱起早了。有时候，真是莫名其妙，他盼起雾天来，像他这样喜欢雾天的司机可是不多啊。那天早晨，在小街上，大旺坐在车里发着呆，朦胧中，他似乎看见长长的小街，雾蒙蒙的小街，又被黄色的小野菊点亮了。多温暖的小街啊！

住在北街的风神

最近阿龙上学经过的北街不断地出现一些怪事:

有人丢了新纱巾。

有人丢了漂亮的手套。

更古怪的是有人的长假发也丢了……

出事的时候都是先刮起一股旋风,然后整个人就被风卷走。等这人重新出现的时候,他心爱的东西就会丢失一件。

这件奇怪的事被登在报纸上,所以很多人情愿绕弯路,也不从北街走了。

"阿龙,你上学放学的路上,一定要小心一点。"妈妈对正要上学去的阿龙说。

"我知道了。"

阿龙嘴里答应着,心里却盼望着也能遇到这样的怪事,这样他就可以对报社的记者讲他的奇遇了。

走在北街上,阿龙故意放慢脚步,还东张西望。

整个北街冷冷清清,偶尔有一两个人经过,也是急匆匆的。

街道刮着不大但有些阴气的风。

阿龙每天要从北街经过四次,他对北街的感觉就是:

北街总是整天在刮风，一年四季都在刮冷飕飕的风。

还有一点，北街与众不同的地方就是阴森森的。

可是阿龙从没在北街出过事，就有一次，风一阵猛吹，把他脖子上松松系着的薄围巾吹下来，但还没离开他的脖子，就被他一把抓住了。

看来不是所有的人都会有奇遇的！

阿龙沮丧地加快了脚步。

下午因为最后一节是体育课，大家玩得太开心，下课了还不愿走，结果等出了校门的时候，天已经黑了。

重新走在北街时，北街和阿龙来上学时的样子完全不一样了。

满北街都在刮着强风，阿龙觉得这样的风，如果他的双脚同时离开地面，就会被风吹到天上去。

北街上除了阿龙，一个人也没有。

阿龙的头发被风吹得一会儿竖起来，一会儿在头顶上跳摇摆舞。

如果早晨没有洗脸，风完全可以把你脸上的灰吹得干干净净。

"最好把我鼻子上的黑痣吹掉。"

阿龙这样想着的时候，把鼻子迎着风，闭上眼睛。

阿龙最讨厌他鼻子上的黑痣，本来他是一个还算漂亮的男孩，结果被这一颗不小的黑痣破坏了。女同学建议他去医院让医生用手术刀去掉黑痣，可阿龙没有那个勇气。记得有一次打雷，妈妈把阿龙拉到门口，一边用食指揉着他鼻子上的黑痣，一边念叨："雷打闪照，拨拉拨拉黑痣掉！"

阿龙觉得妈妈迷信得好笑，所以妈妈一边揉，他就一边笑。

结果，黑痣还好好地长在阿龙的鼻子上。

妈妈说这是因为阿龙心不诚。

难道现在阿龙就不迷信了吗，想让风把他鼻子上的黑痣吹掉，那也够可笑的。

就在这个时候，出事了。

先是一阵龙卷风，接着还没等阿龙睁开眼睛，他的脚就离开了地面，龙卷风像一条长长的喉咙，把阿龙整个人吸了进去。

风猛然停了下来，阿龙一屁股坐在地上。

阿龙睁开眼睛的时候，见自己在一所又大又破的屋子里，屋顶上有一只昏黄的灯泡。昏暗的灯光照着屋内墙上的破画纸，"沙啦啦，沙啦啦！"那些破画纸在擦着墙作响。满屋子都是嗖嗖的风，好阴森啊！

这是一所要拆迁的屋子啊，怎么会跑到这儿来呢？

阿龙迷迷糊糊地站起来，正要往门外走，开着的门"哐当"一声就关上了。

阿龙用力拉门，可是没有一点用，那没有锁的门却纹丝不动。再一拉，门猛地大开——

"哈哈哈！"

一阵猛烈的风吹进门来，把阿龙直逼到墙角，把他扑倒在地。

那股要把整座破屋子吹散架的风，停稳了却是一个白头发的老太婆。

老太婆飘在阿龙的面前大笑，她好像没有脚，庞大的身躯弯弯曲曲的，飘忽不定。她的嘴里没剩两颗牙，一笑起来呼呼地往外漏风，噗噗的风吹得阿龙只得眯起眼睛。

"怎么样，你不是想把你鼻子上的黑痣吹掉吗？我可以实现你的愿望啊！"

老太婆说着伸手朝阿龙的鼻子上一抹。

"看看吧！"

老太婆递过来一面挺漂亮的镜子。

阿龙探过头来一看，那颗长了10多年的黑痣真的不见了。

"你是谁？"阿龙有点害怕，又有点兴奋。

"我是住在北街的风神，自从有这座城市，有这条北街，我就一直住在这儿。"

"是北街的风神啊！"阿龙仔细打量着眼前的老太婆。

"难道不像吗？要不要我再来一股小小的龙卷风给你看看呢？"北街的风神抖起她弯曲的身子。

"不要不要。"阿龙急忙说，"这么说，报纸上登的事情全是真的啦？"

"不假。"北街的风神脸色难看地说。

"你为什么要这么做呢?"

"是这座城市里的人太没良心,可怪不得我。我就要退休了,想找个人听听我说话,哪怕一个晚上也行。我是想让这座城市里的人知道,一年四季的风是我送的。可是……"

北街的风神脸色铁青,说不出话来。

"没有人愿意听你说话吗?"阿龙问。

"他们谁也不愿意听我说话,有的干脆一见我就晕了过去。你说我是不是很老很丑?"

北街的风神说着拿出那面小镜子照来照去。

"我敢说我一点也不显老,虽然 200 多岁了,看上去跟 100 多岁似的,如果再擦点胭脂的话,那会……"

北街的风神说着拿眼睛瞟阿龙。

"你看上去跟我奶奶的年纪差不多。"在阿龙的眼里,所有的老人都是这样,满脸皱纹,嘴里的牙齿剩不下两颗。

"你奶奶的年纪有多大呢?"北街的风神很紧张地看着阿龙。

"她快要 80 岁了。"

"哈哈哈,只有孩子才肯说实话。我一个 200 多岁的风神保持得跟 80 多岁似的,多不容易啊!"风神一副得意的样子。

"你为什么要退休呢?"阿龙不明白。

北街的风神叹了口气:"可不是我要不要的事,风神

王有个规定，凡年满 200 岁的风神都得退休。我早已过了 200 岁的年纪了。"

"为什么年满 200 岁就得退休呢？"

"风神到了 200 岁，刮出的风就会阴森森的，不那么可爱了，还有点吓人。"

阿龙明白了北街为什么总是阴森森的。

"退休了以后，你就是一个自由的风神了吧，说不定你还可以到外国去逛逛哩！"阿龙羡慕地看着北街的风神。

北街的风神瞪了阿龙一眼，悲伤地说："不，退休以后的风神都会被赶到最寒冷的北极和南极，一年四季刮冷风，刮得骨头缝都在痛啊。我们这些退休的风神要一直待在那里，直到老死。好伤心啊！"

北街的风神忽然呜呜地哭起来。

哗啦啦！屋子里墙上的破画纸像伸出无数痛苦的爪子在抓墙。

咣当！咣当！破旧的门窗一开一合，愤怒得要撕碎一个人的魂灵。

屋顶上的那只昏暗的灯泡忽悠忽悠的，随时都有灭掉的可能。

屋里更加阴森了。缩在墙角的阿龙一动也不敢动，他不知道又悲伤又生气的北街的风神要干什么。

北街的风神还是止住了哭泣，擤了一把鼻涕，转过身来。

"让你见笑了吧，都 200 多岁了，还哭哭啼啼的。"

"没有没有，我也是经常哭的。"阿龙不知道该怎样安慰北街的风神，就转了个话题，"你走了以后，这个城市就不再有风了吗？"

"当然不是，风神王还会派一位比我年轻得多的风神来，她已经来见过我了，她才刚刚 100 岁，年轻得让我惭愧。"

北街的风神说着，一副失魂落魄的样子。

"不过，我 100 岁的时候，也是这么年轻，甚至比她还要年轻！"

北街的风神又换了一副快活的样子说。

"好啦，你该回家了，你的爸爸妈妈大概正在四处寻找你呢。我真不该让你这样大一个孩子受惊。"北街的风神说。

"不，我今晚就留在这儿陪你说话。"阿龙不知哪来的勇气，他想也没想，就这么说了。

"你真的要留下来陪我吗？"北街的风神探过头来看着阿龙。

"我从来没有过奇遇，这一次我可不想放过。"阿龙说。

"哈哈哈，你真是个小孩子，这也叫奇遇的话，那我的奇遇就多了。如果你不走的话，我都讲给你听。"

阿龙冲北街的风神开心地笑了。

这天晚上，整个北街都是安静的。

到了天刚蒙蒙亮的时候，北街的风神对阿龙说："好啦，我们该告别了，这一夜你受委屈了。不过，你也有很多收获。咱们俩谁也不用感谢谁。"

阿龙站了起来，他的两腿有些麻木。

走到门口，北街的风神忽然说："有一件你的东西我想留下来当纪念品，你不会反对的吧？"

"是什么呢？"阿龙想不起来自己给过北街的风神什么东西。

风神笑着举起手，然后往自己的鼻子上一按说："好啦，你想要我也不会还你了。"

阿龙抬头一看，那是风神从他鼻子上取下来的黑痣啊。是阿龙讨厌的黑痣。这怎么可以当纪念品呢？

"没什么，反正我已经是个 200 多岁的风神，脸上全是老人斑，多这一个又有什么关系呢。我把它放在鼻尖上，只要一照镜子，就能看得见，就会想起你，阿龙。"

北街的风神举了举手中那面镜子，忽然想起了什么似的说："这不是我的镜子，明天该还给人家了。"

阿龙知道那是北街的风神从行人那里抢来的。

"好啦，你该回家吃早饭了，我也该上班了。我送你回家。"

阿龙的脚刚迈出门，就被一股龙卷风卷了起来。

风停的时候，阿龙已经站在自己家的门口了。

阿龙在家整整睡了一天。

爸爸妈妈很奇怪阿龙失踪了一夜回来后，他鼻子上的黑痣却没有了。问阿龙，阿龙什么也不说。

早晨，阿龙向妈妈要了买早点的钱，却没有买早点，他去小卖部买来一面小圆镜。

阿龙想，这面小圆镜用来照北街的风神的脸是小了点儿，可照她鼻尖上的那颗黑痣，绝没问题。

阿龙加快步子朝北街走去。

今天的北街似乎跟前天完全不一样了，风刮在脸上是柔和的，明快的，那有点阴森的风没有了。

把圆镜就放在那所要拆迁的屋子里吧，北街的风神一看见就会知道这是谁送的，用这面小圆镜当纪念品还算凑合。

可是，那老屋已不在了，就在昨天，推土机已经把老屋推倒了，只剩下一面残墙还留在那儿。推土机就停在旁边，只等一上班，怕那面残墙也要推倒了。

怎么会是这样呢，那是北街的风神住的地方啊！

阿龙拿着那面小圆镜怅然地站了好一会儿，才继续往前走。

忽然，他看见前面的矮树前围了几个人在议论着什么。走近一看，原来是一块失物招领的牌子，上面写着：

在北街丢失纱巾、帽子、镜子、发卡、胸针、假发套……的人，来此领取。

在矮树上整整齐齐地挂着那些东西。

阿龙知道这是北街的风神留下的。

他感觉北街的风神已经离开了这座城市。

也没说声再见。

可能是北街的风神认为永远不能再见了吧。

阿龙慢慢地往学校走去，心里空落落的。

好多天过去了，挂在矮树上的东西一样也没有少，大概是那些莫名其妙丢失的东西，忽然又出现了，让那些丢失东西的人有些害怕吧。

唉，这座城市里的人太不了解北街的风神了。

应该让大家知道这是怎么一回事。阿龙拨通了报社的热线电话，结结巴巴地说了北街风神的事。但他的话还没说完，就被打断了，接线的叔叔让他不要在这里讲童话，他忙得很。

没想到报社的记者根本就不信。

那么鼻子上长了多年的黑痣忽然就没有了，不就是证明吗？

阿龙决定把这件奇遇讲给他的同学听，这对北街的风神来说，也是一种安慰吧。

同学们总该会相信的吧！

果然，阿龙的奇遇听得同学们汗毛直竖。那几天，阿龙觉得他的鼻子都被大伙看肿了。

事情已经过去好久了，这座城市的北街已经和别的街道没有什么两样，但阿龙仍然怀念原来的北街，那有点阴森的北街。

路　遇

　　家里的酱油又没有了，我只得拎着瓶子，走进满是寒风的大街。

　　我没有在第一家店里买，这家店主人总爱往酱油里兑水。我要再走上一段路，到前边的小卖部里去打，那儿的酱油一向是很有味儿的。

　　快走到小卖部时，我看见一个围着黑围巾的老太太，正靠着粗壮的梧桐树望着我。她的黑围巾还散落着几朵雪花。我从她身边走过，忽然，她一把拉住我的衣袖，恳求地说："请你帮我买样东西好吗？"

　　听她的声音，完全是一个孩童的声音，我看看她的脸，没想到她的脸竟红了。天哪，老太太脸红我还是第一次见到。

　　"你要买什么呢？"我问她。

　　"是种很酥的花生米，外面还包着一层面做的壳儿。"

　　"是鱼皮花生吧？"这正是我喜欢吃的东西。

　　"对的，对的！"老太太连连说。

　　"这家小卖部里就有。"我告诉她。

　　可她并没有想进去的样了，只是把手里的小花袋子递给我。沉甸甸的，哗哗直响，是一袋硬币呀。

"全部用来买鱼皮花生吗?"我问。

她点点头说:"是的。"

我便提着小花袋子进了小卖部。打好酱油,我把小花袋里的硬币往柜台一倒。

"这是什么东西?"店主人透过老花镜问。

我朝柜台上一看,也惊呆了,柜台上滚满了一堆光溜溜的野栗子。怎么不是硬币呀? 店主人正用奇怪的目光瞅着我。

"唔,瞧我马马虎虎的搞错了。"我忙掏出口袋里剩下的零钱递了过去。

店主人把六袋鱼皮花生放到柜台上。

"这些野栗子就送给你的小孙子玩吧!"我抓起鱼皮花生,转身跑出了小卖部。

老太太正焦急地等待着。看见花生米,她高兴极了,忙装进了手提袋里。她不知道我的心却在怦怦地跳,我想我的表情也不像刚才那样自然了,"你买这些花生米,是给孙儿吃的吧?"我故意装出平静的样子。

"孙儿?"她反问一句,忽然哈哈大笑起来。不过,她很快像是发现自己的笑声太大,赶紧用手捂住了嘴,小声说:"我可没有孙子。"

这时,街上的行人多了些。老太太显得不安起来,她的头垂得低低的,两只眼睛只看着脚下的路。

一会儿,我到了家门口。老太太站住了,注意地看了看我家的门牌号码,还用她那童稚的声音念了一遍。

我正想向她告别，老太太第二次抓住我的手说："我还想得到你的帮助，你能把我送回家吗？"她的手戴了手套，毛茸茸的，软软的，是兔毛做的吧。反正我也没什么事，就挽住她的胳膊，送她回去。

路面被寒风冻得有些滑，这样的天，实在不该让一个老太太出来买东西。"老太太，怎么不让年轻人出来买呢？你现在实在是应该坐在炉边暖和的时候啊！"我忍不住说。

"我是家里最年轻的人啊。"没想到老太太这样说。

我吃惊地问："那你爸爸妈妈总该有100岁了吧？"

老太太又捂着嘴吃吃地笑起来："我爸爸妈妈和我现在一样大哩！"

这叫什么话啊，我想老太太大概老得有些糊涂了，便不再追问。

我一直被老太太拉着，从一个巷子拐到另一个巷子。然后到桂花巷快走到头时，我看见前边有一所蓝色的别致的小房子。老太太站住了，她先向我道了谢，掀开黑围巾，从头上拉下一顶小帽子说："留下纪念吧！"随即做了个鬼脸，转身一蹦一跳地走了。看她那走路的动作，哪像个老太太呀，分明像个小娃娃。

一连几天我都在想这件事儿，多么奇怪的老太太呀，竟然用小孩子玩的野栗子换鱼皮花生。

一天，我正在家看书，听见邮差在外面喊我的名字。邮差递给我一封很有趣的信，信封是用两片心形的树叶粘成的。信封上的字歪歪斜斜，是一个孩子的字体。谁写的呀？我急忙打开来看。哦，原来是那个老太太写来的。信中说，她并不是我们人类的老太太，而是狐狸的孩子。（天哪，怎么会呢？）她说那天她是瞒着妈妈，来到人类的街上买鱼皮花生的。可是一走到街上，就害怕了。虽然她自己装扮成人类老太太的样子，仍觉得周围的人都盯着她，她吓得腿直发抖，靠着梧桐树不敢动了。那时候正好看见了我，觉得我是一个温和的人，就把钱交给了我……

　　读了小狐狸的信，我多么激动啊，谁会有我这样的奇遇呢？

　　我决定去看看小狐狸。我在街上买了几盒点心，当然没忘记买几袋鱼皮花生。然后按照我送小狐狸的路，一直走到了头。找来找去，竟没有看见那蓝色小房子的踪影。这儿原来是一座陈旧的木桥，平时根本无人问津，此时却有许多人在这儿忙碌，他们准备拆掉这座木桥。我来回找了好几遍，还被一块木板上的钉子刺破了脚背，看样子，蓝色的小房子是找不到了。小狐狸也许搬家了吧？我只好怅然而归。

　　我时常拿出那顶小帽子思念小狐狸，那是一顶用各种鸟儿的羽毛做成的很轻盈的小帽子，可爱极了。小狐狸还会装扮成老太太的样子，来到人类的商店买鱼皮花生吗？天哪，我竟然忘了跟小狐狸说一声，不能用野栗子去换鱼皮花生，那样太危险了。真让我担心啊！

我跟春天一起发芽

真没想到啊！

这是我最爱说的一句话。

妈妈说："那当然，你还是一个小孩子嘛，想不到的事情还多着呢。"

妈妈说得对。不久就发生了一件我一点也没有想到的事。

是今年春天的事，城市里到处都刮着春风，还下着细雨。可能是我身上刮了很多很多风，淋了很多很多雨的原因，那天夜晚临睡前，我感到浑身痒痒，就像有人在用鸡毛扫我的脚底板一样，怪不好受的。我的手在身上挠啊挠，挠着挠着就睡着了。

没想到第二天早晨起来，我发现我的胳膊上冒出了好多绿芽芽，有点像柳树发芽的样子。

"妈妈，真没想到啊，你快看！"我大叫一声。

妈妈漫不经心地走过来，朝我的胳膊上看了一眼，也露出吃惊的神情，她说："哎哟，这个连我也没想到。"妈妈又看了看我别的地方，告诉我头上也发芽了，中间有一棵芽儿最独特，比别的芽儿大得多。后来她发现我的另一只胳膊，前胸后背都长了绿芽。

"怎么回事呀，是不是春天弄错了，把你当成一棵树了？"妈妈想了想，又说，"按说，也不会呀，我经过多少个春天，也没见春天出过这样的错啊。"

我问妈妈怎么办，妈妈让我先去上学，她去医院问问我得的是什么病。平时头痛肚子痛的，妈妈从来不允许我请假。就这样，我把袖子使劲拉了拉，头上戴上一顶帽子，上学去了。

路上，风一吹，身上更加痒痒，我悄悄地掀起衣袖一看，那些绿芽又长大了一些。

到了学校，也没人怀疑我，因为春天也有一些戴帽子来上学的小孩。班里三组的值日生正在扫地，我不想到外面去玩，怕风一吹，那些绿芽长得更快，就坐在凳子上翻看漫画书。

忽然我的头上一凉，怎么回事？原来值日的同学洒水，洒到我的帽子上。这下可好，我感到头皮一阵奇痒。过来向我道歉的同学看着我的头，瞪大了眼睛，脚直往后退。他大概以为我气得怒发冲冠了吧！等看明白了，那个同学叫起来：

"小松，你的头发变变变绿啦！"

我摸了摸，绿芽把我的帽子冲起老高，那棵独特的芽高得就别提了。我不想取下帽子，挡一点是一点，我从窗户的玻璃上看见，我的帽子活像草丛里长出的一朵大蘑菇。上课的时候，还遇到了一点小麻烦，后边的同学总嫌我的绿头发和帽子挡住了视线，他们只好歪着头看黑板。我也没法，我是不敢随便动头上的绿芽的。谁知道动一动，会不会死啊。我可不想死。下课后，同学们都抢着看我的绿头发，跟我关系好的，我就让看；跟我关系不好的，得求我才行。平常没人注意的我，成了全班的焦点。我还给他们看我胳膊上的绿芽，他们做梦也没想到我会长一身绿芽。

放学回到家，我就让妈妈看我长长的绿头发。妈妈擦擦她满是水的手说："我给你买回来一盒皮炎膏，抹一抹，可能就好了。"妈妈挤一点抹在我的胳膊上，顿时药膏散发出一股难闻的味儿，那黏糊糊的样子，让我好恶心。我情愿长一身绿芽，也不愿抹药膏。妈妈也不想管我了，进厨房继续做她的饭。

我想起头上淋水绿芽长长的事，就弄来一碗凉水，往胳膊上洒一些做试验，果然很灵，胳膊上的绿芽眨眼间长长了。多稀奇呀，我想，要是雨水淋在上面，会长得更快吧。

过了一些天，天更热了，我没法再穿长袖衣服，也不能再戴帽子，我的全身变得绿莹莹的，头上那棵独特的芽，长成了一棵树。有人说那棵树是柳树，有人说是槐树，还有人说是樱桃树，因为她见过樱桃树，也有人说是丁香树……说什么的都有。什么树都行，就别是枣树，听说枣树长着尖利的刺，扎一下可不是玩的。现在看来，不会是枣树，我找遍了也没找到一根刺。

妈妈说，你现在成了一个绿人，别到处乱跑，人家都看着你，难为情不难为情啊？我不这么想，这座城市里多少年才出一个绿人，让人看看有什么不好？我一个人跑到公园里去玩。卖门票的不收我的门票，他说我一进公园，会带来很多游人。

我在公园里乱跑，累了就站在路边歇一会儿。没想到，过来一个长辫子女孩，她还以为我是一棵奇特的树，抱着我的胳膊照相。等她照完，我说："谢谢！"她看清了我，一下子哭起来。女孩子就是胆小。我急忙跑了。

夏天，我走到哪里，我的好朋友就跟到哪里，我身上的树叶茂密，地上洒着一片浓荫。他说今年夏天正好把买太阳帽的钱省下来，买冰淇淋吃，他答应吃冰淇淋的时候，让我咬一大口。当一个绿人不错啊，夏天很凉快，还有冰淇淋吃。

那天放学，一只鸟老是跟着我。我走它飞，我停它停。开始我以为它是一只好奇的鸟，走着走着，我想起来了，它是想在我头上垒窝。我头上的树有三个杈，正好垒个好鸟窝。我回家跟我妈妈商量，让不让鸟在我头上垒窝，妈妈说，树在你头上长着，你自己决定吧。

我决定让鸟在我头上垒窝。

星期天，我坐在草地上，让鸟在我的头上垒了一天的窝。我还以为就是这一只鸟呢，等窝垒好了，这只鸟又领来了一只鸟，哦，那是它的新娘子鸟啊。

白天，这对鸟出门去找吃的，晚上，就回来住在我头上的窝里。头上有棵树没什么，有个鸟窝，就不方便

了。鸟儿保护协会的人找到我，还特意发给我一份文件，让我保护好这两只鸟。我当然很小心，睡觉的时候，我横睡在床中间，头朝外，垫一个很高很高的枕头，免得两只鸟睡觉时从窝里掉下来。

没想到，不久，新娘子鸟生了一窝蛋。它真不该这样，害得我走路得一步一步地挪，鸟儿保护协会的人还专门来数了数鸟蛋，一共五个，到时候他们会来看五只小鸟儿。这下真把我害惨了，我不敢跑不敢跳，不敢笑不敢叫，连打喷嚏都不敢。上体育课立定跳远，老师会说："小松，站到一边去，这个项目不参加算你及格。我就头顶着一窝鸟蛋，在操场散步。我天天提醒自己，千万不能摔跟头啊，摔一跟头，就把五只小鸟摔没影了。

终于，五只小鸟全部出壳了。我松了一口气，但还不敢乱跑乱跳，小鸟太小哇。为了帮助小鸟快点长大，我也参加到捉虫子的行列。我妈妈说我是小鸟的养母，我说："不会吧，我是男的呀。"

妈妈说："那你就是小鸟的养父。"

在小鸟的爸爸妈妈和我这个养父的照料下，五只小鸟已经在练翅了。

老大飞出去了。

老二飞出去了。

老三飞出去了。

老四飞出去了。

老五就是不飞，还老在窝里叫。

老五胆子小。不会飞算什么鸟。我帮老五练胆量，抓起它往空中一扔，老五飞向蓝天。要是小鸟保护协会的人看见，一定要骂我。不管怎么说，五只小鸟全学会了飞翔，这有我一份功劳。鸟儿保护协会的人发给我一本红色的证书。

我把证书拿给老师看，老师说："不错。不过，从今往后，你得坐在最后一排，你头上的树已经不只影响一个两个同学了。"

我坐到了最后一排，我头上的树枝有时蹭在墙上，哗啦啦直响。老师说："小松，注意你头上的树。"

真没想到啊，我头上的树会在一夜之间消失。

那是一个深秋的夜晚，我身上的叶子头上的树一阵颤抖之后，就开始纷纷往下飘落。我也不知道叶子是什么时候落完的，因为我睡着了。

第二天早晨，我一摸头，光光的，再看看胳膊，也是光光的。床下是一地的黄叶。树去了哪儿呢？没有人知道。它自己消失了。

我问妈妈："明年春天，我的头上和胳膊上会不会还长树？"

妈妈说："你还没长够吗？"

我也说不清，长了好长时间的树，说没有就没有了，连招呼也不打就失踪了，要是换了妈妈，她也会有些留恋的吧。

第二年的春天，我的头上没有再长树。我想，以后我再也不会长树了吧。

飞走的大楼

这是一所漂亮的楼房，它的墙是红色的，它的房顶是蓝色的，明亮的玻璃窗，是它美丽的眼睛。站在一些旧楼房中间，它显得多么年轻啊。遗憾的是，它的前边没有一棵树，后边没有一棵树，左边没有一棵树，右边也没有一棵树。漂亮楼房喜欢它周围有树，满树的绿叶子，风吹过去，哗啦啦地响，多美啊。可惜，没有。

"好没意思啊。"漂亮大楼有些失望。"谁会住进来呢?"它等待着。

不久，住进来一些人，漂亮大楼里热闹起来，他们搬桌子，移板凳，有人说他喜欢坐窗前，有人说他爱坐在角落。等放好了桌子板凳，这些人又都安静下来。

"过些时候，他们会唱歌的。"漂亮大楼想。

但它一直没听到歌声。

"也许他们会跳舞。"漂亮大楼猜测。

更没有人跳舞。

那些人只是坐在桌子前，喝水喝水，好像他们是来进行喝水比赛的。要不，他们就放下杯子不停地看报纸，看了一张又一张，没完没了，又好像是在进行看报比赛。

"没有人注意我，也没有人喜欢我。"漂亮大楼叹了口气，它好寂寞啊。

过了一些日子，漂亮大楼的心情越来越不好。它明亮的窗户蒙上了灰尘，耳朵里天天响的都是车声和人声。

"我不喜欢这里。"漂亮大楼这样想着。

后来，漂亮大楼下定了决心：我一定要离开这里！

你肯定会说，漂亮大楼真是胡思乱想，它怎么动得了哇，它还是一座非常年轻的大楼。那可没准，如果一个人有了愿望，天天想，夜夜想，情况就会发生变化。不信，你可以试一试。

漂亮大楼想啊想，一天夜晚，它一用力，就离开了地面。对呀，它是一座年轻的大楼，它是有力气的嘛。它就这样升向空中，朝四周张望了一番，就朝着城市的北边飞去。在深夜，没有人注意漂亮大楼，它升得很高，如果你这时候往空中一看，还以为那是一架夜间飞行的飞机呢。漂亮大楼里有一扇窗户还亮着，不知是哪个粗心的人下班后忘记关灯。这样正好，给漂亮大楼照着路。

飞啊飞，飞出了城市。回头望望，还能看见城市里的灯火。漂亮大楼决心继续往前飞，离城市越远越好。

啊，它闻到了青草的气息。再往前飞，飘来了树叶的清香，花儿的芬芳。"这正是我喜欢的味儿！"

漂亮大楼慢慢往下降，落在一片大森林中的草地上。

天刚蒙蒙亮，森林里飞来一座漂亮大楼的消息就传进了每一只动物的耳朵里。动物们站在漂亮大楼前，议论纷纷，最多的还是发出的惊叹声。

"多漂亮啊!"

"像是给仙女们住的。"

"它是从哪里来的?"

"谁问问去。"

……

大熊走上前,瓮声瓮气地问:"漂亮大楼,你是谁的?"

漂亮大楼笑了:"我是我自己的,如果你们想住进来,我就是你们的。"

动物们有点不相信自己的耳朵。漂亮大楼就把它的经历告诉了动物们。

梅花鹿听了说:"我想,那些人发现你失踪后,会来找你的。因为他们没有地方喝水和看报纸了。"

画眉鸟说:"有办法,我们去弄些爬墙虎的种子来,让爬墙虎把红墙贴满绿叶子。"

"再弄些树苗来种在漂亮大楼旁。"野猪出主意。

漂亮大楼说:"要是再弄些花儿来,我就更高兴了。"

嗡嗡嗡嗡的蜜蜂说:"你看看地上是些什么。"

漂亮大楼看了看四周,到处开满了红的、黄的、紫的花儿,跟它梦中的一样。真是太好了!

接着,动物们行动起来,播种子的播种子,栽树苗的栽树苗,在漂亮大楼四周忙碌起来。漂亮大楼很感动,有人这么关心它,这么喜欢它,它又高兴又感动。漂亮大楼也深深地喜欢上了这些动物们。

漂亮大楼热情地邀请动物们住进它的房间里，动物们正好愿意进来。

野猪哇，狗熊哇，这些不爱爬楼的动物，就住在一楼；猴子们动作灵敏，又爱爬高爬低，就住在最上层。反正谁情愿住几层就住几层。鸟儿们不想住在房间内，就在蓝瓦上安了家。

现在，漂亮大楼所有的愿望都实现了，小鸟给它唱歌，野兔给它跳舞，耳边是哗啦啦的树叶声，它的窗户从来没有像现在这样明亮过。它感到又满足又幸福。

一天，一只麻雀从城里回来说，大楼里的人都在四处找漂亮大楼呢，还在报纸上登了寻楼启事。没人知道漂亮大楼的去向。如果有一天他们找到森林里，漂亮大楼也不会跟他们回去。漂亮大楼不愿离开森林，他们是没有任何办法的。也许他们根本就找不到漂亮大楼，现在，漂亮大楼全身都爬满了碧绿的爬山虎的叶子，四周全是树，人们怎么能够发现它呢！

漂亮大楼要永远永远住在森林里。

失去云彩的城市

有一阵快活的小风，诞生在幽谷里。他的名字叫乐飞儿。对的，他一出生就会飞。因为他浑身都长着翅膀。

风妈妈让乐飞儿去守护绿城，乐飞儿的哥哥姐姐们每人都守着一座城，风是城市的精灵。

绿城，啊，多好听的名字，让人充满想象。

乐飞儿闭着眼睛，让妈妈帮助定好风向，轻悠悠地向着绿城进发，直到从梦中醒来。

绿城第一个进入乐飞儿眼帘的，是一条绿纱巾，绿意朦胧地系在一个女子的脖颈。乐飞儿吹拂绿纱巾，纱巾绿雾一样拂过红的面颊，女子很惬意地微笑着，眨着长长的睫毛。

从绿城的百叶窗里，丝丝缕缕传出一阵轻音乐，乐飞儿驮着串串的音符送入路人的耳朵。路人那匆忙的脚步放轻、放慢，微笑从紧闭的嘴角溢出，随即也跟着吹起口哨。乐飞儿呢，又把这悠扬的口哨声，送给一个脸上挂着泪珠的孩子。

穿过大街，穿过小巷，一路做着开心的事情，风的工作真是愉快，乐飞儿干得兴致勃勃。

从早晨到下午，从下午到傍晚，一刻不停地工作，乐飞儿累坏了。他想找一棵树休息一下。树是风的家。可是，一棵树也没有。四处寻找，墙头的那边，路旁，干涸的护城河畔……乐飞儿这才看清楚，绿城根本连一棵树苗也没有。这是什么绿城啊?!乐飞儿累得东倒西歪，在一个墙角昏睡过去。他到底还小呢。

早晨，乐飞儿的脾气变得极坏，尤其是看见自己睡在满是尘土的墙角。他轻盈的身体是那样爱整洁。他恼怒，生气，骤然间变大，成了大风。不要奇怪，各人长大的方式不一样，可能只有风是气大的。他比昨天大了两三倍。

不行，我得让人们注意我。我爱他们，他们也应该爱我。愣头愣脑的乐飞儿想。他把人家晾晒的衣服吹落在地，将纸片踢向高空，在那儿打着难看的转儿。他还大把地扬起灰尘，迷住行人的眼睛，蒙住涂着香脂的脸。

干了一天不愉快的工作，乐飞儿变得灰扑扑的，身上灰扑扑的，心里也灰扑扑的。他坐在墙角，心里又沮丧又难过。仍没人关心他，为他准备一棵树。风的家不是墙角，风睡觉的地方应该是在清凉的树叶上，头下枕着的应该是鸟儿的歌声。"没有一个人喜欢我，没有。我成了流浪儿，流浪的风。"乐飞儿啪嗒啪嗒掉起泪来。泪掉得越多，气生得越大。气得睡不着觉，气得身体极度膨胀，他蹦出墙角，半夜在城市的上空呜呜地东奔西撞起来。他在玻璃上擦出刺耳的声响，尖着嘴，挤进人家的门缝嚷道："我要树的房屋，我不要流浪!"

还是没人理睬乐飞儿。"呜啊!"乐飞儿一声吼叫,摇身巨长,眨眼间变成飓风。他左摇右晃,打着旋儿,浑身的劲儿往外冒。他怨气满腹,看什么都不顺眼。小时候,他听妈妈讲过哥哥姐姐们的许多故事,别的风哥哥、风姐姐像他这样大时,都可以指挥一支森林的乐队了。别的风像他昨天那样大时,都送走了无数的帆船,都在波光点点的水面上画出了千姿百态的图画。而他呢,还没见过一棵树,还没掀动过一片叶子。他没听过水流动的声音,也没见过流水的模样。前天的他身材小巧,灵活多变,性格温和,心里全是暖暖的爱;今天的他,是个庞然大物,性格暴躁,心里冷得像块凉凉的冰。

早晨,乐飞儿怪叫一声:"我要摧毁这座城市!"

他顿时搅得天昏地暗,飞沙走石。家家插门闭户,人人胆战心惊。

乐飞儿弓起背,鼓起腮,正要把这座城市吹个底朝天,忽然有人在后面拉拉他,又拉拉他。乐飞儿不耐烦地回过头,是一片云,一片身上沾满灰尘邋里邋遢的云。

"什么事,你是想阻止我?难道你跟这座城市有亲戚关系吗?"乐飞儿粗声大气地问。

云揉揉眼睛,说:"没有,我是这座城市的云,可是,这座城市里没有人爱我们。我们早想离开这儿的天空。可是,身上的灰尘积得太厚,动不得身。我好不容易才飘到你的身边,我代表云彩们向你请求帮助。请你帮帮我们,把我们吹到银河洗个澡好吗?"

中国当代童话新锐作家丛书

看着一脸愁容的云，乐飞儿点头答应。乐飞儿是很喜欢云的。是的，乐飞儿喜欢绿色的树，流动的水，飘逸的云。但他从没好好看过头顶上的云彩，他不喜欢看身上脏兮兮的云彩。

乐飞儿跃上高空，叫道："云彩们，站好，我要把你们全吹往银河，让这座城市再也看不见云！"

乐飞儿用力一吹，云彩们便成群结队地飘向银河。直到看着最后一片云拖着重重的身子飞去，乐飞儿才住了口。

本来，乐飞儿是打算帮完云彩的忙，再来惩罚这座城市的。但转念一想：何不看看热闹，看这座城市的人失去了云彩，有什么反应呢？没有了云彩，他们会想起风，想起他乐飞儿，会给他一个绿树的家，扫清混浊的天空，求他请云彩们回来？

乐飞儿待在城市的一角，做一个不动声色的旁观者。

城市静悄悄的，所有尘埃都落定，天空慢慢变得透明。

人们庆幸风终于停止，有人偶尔朝天空一瞥。

"哎呀，天空中的云彩没啦！"不知是谁发出一声惊叹。

一下子，绿城像炸开了锅，人们仰望天空，大呼小叫。同时，电视台和报纸都在议论云彩的事。外地的人看完新闻，觉得这座城市好怪，打算来绿城旅行的，急忙取消了行程。

怎么办？怎么办？市长的头发急得大把大把地往下掉。城市没有车，他可以让这座城市富得家家有车；马路不够宽，他能够下令让工人把马路加宽加宽再加宽。天空没有云彩，真把他难为得够呛。他在电视上讲话，声音沙哑，喉咙干得像护城河。他请市民们想想办法，找回本城的云彩。当然，首先得知道云彩们的行踪。

乐飞儿一直期待着，等待市长和市民们找他。为了提醒他们注意，他掀掀市长的帽子，撩撩市民们的衣角。他还伸手从窗户拿走市长的文件，把那些纸张扬起来，组成一棵树的形状，让大家明白他的心意。

然而他只是失望地看到市长在狂呼："龙卷风，还我的文件！"

那文件上印着许多文字，呼吁市民们去寻找失踪的云彩。

市民们只是埋怨："我们的城市不该有这么凶的风啊！"

"看来，我的愿望难以实现！"乐飞儿伤心地往墙头一靠，墙头顿时倒塌一片。

终于有人打听到云彩们的去向，原来云彩们在银河里洗得白白亮亮、清清爽爽的，都在西边的天空玩耍呢。

市长知道了这个消息，马上派直升飞机去把云彩载回绿城。

贪心的市民们跑到直升飞机的前面，抢先大捆大捆地背回来了云彩。先去的抢到了大团，后去的只得到一小片。有时几只手同时去抢一片云彩，云彩们被撕扯得支离破碎。

"你们在干什么？别碰脏那些云彩！"乐飞儿急得直跺脚。

大家抱着白生生的云彩欢天喜地，乐飞儿吹飞了他们的帽子，刮脱了他们的上衣，可谁也顾不上捡。抱着云彩的手，一刻也不肯松开。

绿城的市民们用绳子拴住一片片、一团团的云，下边坠着石头，像放风筝一般，把云彩们放飞在自己的房顶和院子上空。有的人还把云彩染得五颜六色，美化他们的院落。

乐飞儿摇着头，自言自语地说："云彩还会变成灰色的，他们会变得更加难看！云彩是属于天空的！"

云彩们在向乐飞儿哀泣，乐飞儿向云彩们一个个道歉，是他害得云彩们不得自由。对不起呀，云彩，红的云彩，蓝的云彩，花的云彩，对不起对不起！

这样，有云彩的人脸上喜滋滋的。没有云彩的人，眼睛都红红的。于是，半夜里，有人就扮成贼，去偷别人的云彩。第二天，丢云彩的人家就会大喊大叫，在每家的院子上空寻找。找错了云，就会引发一场争吵。嘟嘟囔囔，呜里哇啦，吵得绿城不得安宁。吵得乐飞儿耳朵痛。乐飞儿缩成一团："哎哟哎哟，我的耳朵要聋了！"

人们再不敢把云彩放在外面过夜，白天放飞在院子里，夜晚收回藏在自己的家里，但云彩早就厌倦了不自由的生活，趁人不留神就溜出窗外逃掉。为了防止云彩出逃，有的人想出办法，把云彩套进被子里，压在身子下面，又暖和又舒服，飘飘荡荡的，像儿时的摇篮，摇人入梦。一传十，十传百，有云彩的人都来效仿。云彩成了人们身子下面的床垫。

"你们不能这样对待云彩！不能！"乐飞儿敲打着门，警告着人们。但谁也不理他。

乐飞儿寄希望于市长。可不管市长怎么动员，就是没人把一片云彩捐出来。

市长气得直拍桌子，市长气得几天没刮的胡子直抖。

早就气愤难平的乐飞儿，再也控制不住心中的怒火。他要为云彩们打抱不平。他疯狂地在城市上空踱着步，注视着每一扇窗户。他在等待着天黑，等待着人们再次睡到云彩的床垫上。

深夜，人们在云彩的床垫上熟睡。忽然，门窗洞开，云彩床垫挤出房屋的牢笼，一飞冲天。

朦胧的月光下，隐约可见乐飞儿的巨大身影在奋力推着云彩床垫，人们却熟睡不醒。

"把他们带到哪里呢？海里怎么样？让海水帮助他们清醒。沙漠上呢？让他们也尝尝没有树、没有水的滋味。要么吹到火山上？……"乐飞儿的脑海里闪过一个个画面。

云彩床垫远离绿城，迎来朝霞。乐飞儿俯瞰身下，是一片绿洲，那是大片的森林呀。乐飞儿眼前一亮，有了主意。"太妙啦，这就是我要送他们去的地方！"

于是，绿城的市民被一个个放进森林。

"森林！好美呀！不是做梦吧！"乐飞儿听见人们在欢呼。

"带上树种，到绿城种下梦吧！"乐飞儿轻轻地对绿城的市民说。看着这泛着波涛的绿海，乐飞儿的心情又变得柔和起来。

乐飞儿释放出所有的云彩，浮在蓝天下，等候着采集树种的人们。

在森林的上空，来自绿城的云彩是那么那么美，让乐飞儿看得发呆。

同时，林间各色树种在堆积，散发着阵阵清香。

乐飞儿小声地笑了，他不敢大声笑，是怕把云彩们都震得四处飞散，谁载树种回家呢？

是的，乐飞儿快要有自己的家了。

老天爷的小女儿

老天爷，老天爷你知道的吧？就是那个高高的个子，住在天上的……知道就好。我是想讲讲他的女儿的故事。

老天爷的大女儿叫龙卷风，穿着黑裙子。二女儿叫暴风，穿着灰裙子。三女儿叫大风，爱穿紫裙子。这三个女儿，脾气都坏坏的，没人敢惹，因为她们是老天爷的女儿。老天爷也不喜欢他的三个女儿，但她们是他的女儿，他还得爱她们。

老天爷最最喜欢他的小女儿——小风。小风穿着嫩绿的长裙子，裙边还绣着朵朵小花，老天爷一见她，笑得眼睛都弯下来。

"我的宝贝，我的心肝，你是要月亮，还是要星星，爸爸都摘来给你。"

老天爷抱着小风说。

要是你的爸爸跟你说这样的话，准是骗你的，他摘不来月亮，也碰不着星星。老天爷就不一样了，伸手就可以办到。

小风说："我不要星星，也不要月亮，我要到外边去玩儿。"

小风从老天爷的腿上滑下来，一阵风地跑了。

中国当代童话新锐作家丛书

老天爷看着女儿的背影，不放心。他派三儿子冻去看着小风，要是小风干坏事，就回来告诉他。他可不想让可爱的小女儿变成她三个姐姐的模样。

冻就悄悄地跟着小风。

小风从云彩上一跳，就跳到了地面。

她从闪亮的树叶上蹦到一个行人的肩头，又飞到一辆蓝色的汽车顶上，探头看看司机的脸。一眨眼，又飞进一座大楼里，不小心钻进电梯，电梯关上门，吓得她抓住人家的扣子，纹丝不敢动。等电梯一开门，她倏地一下赶紧跑掉了。

冻艰难地跟着小风，一会儿心提到嗓子眼，一会儿捂住眼睛。

"小风啊小风，你太顽皮，害得老哥要犯病啦！"冻嘴里嘀咕着，继续跟踪小风。

小风一直跟着一个小男孩，小男孩手里拿着一根棒棒糖，一边走，一边吃。小风很想尝尝棒棒糖的味道，又不好意思。她脑袋一歪想出一个主意，从地上吹起一星灰尘，直吹到小男孩的眼里。

小男孩被灰尘迷住了眼，揉着眼睛哇地哭了。小风趁机舔一口棒棒糖就跑。

"好啊，小风，看我回家不告你的状！"冻自言自语。

小风又跑到一所学校，看见一个女孩儿在画画，画的是一对好看的蝴蝶，小风好喜欢，呼地吹一口气，把画吹到天空。女孩追呀追呀，她哪里能追上小风呢，女孩气得直跺脚。

小风还跑到铁路上，跟火车赛跑。又跑到窗前，朝里张望，看见一个叔叔在睡觉，她就从窗户缝里往人家的肩膀上吹凉风。叔叔被吹醒了，抱着肩膀直叫："哎哟，我的肩膀好痛啊！"

小风却一吐舌头，掉头跑了。

"哼，顽皮鬼，回家叫你好看！"冻气呼呼地说。

小风在外面疯了一天，直到天黑才回家。冻也跟到天黑，跟踪小风真是件苦差事。

冻来不及喘口气，就去向老天爷告小风的状。

老天爷听了，气得直哼哼。他对冻说："明天小风要是再出去捣乱，你就冻住她，狠狠地惩罚她！"

冻回答得很干脆："放心吧，爸爸！"

第二天，小风照旧从云彩上蹦到地面。冻呢，一步不落地跟着她。

小风荡秋千，冻不管；小风在水面上滑来滑去，冻也不管；小风在牡丹花蕊里睡觉，冻更不管。

当小风来到池塘边，要把池塘边大姐姐的太阳帽吹到池水里时，冻一下冻住了小风。

小风被三哥哥紧紧地冻住，动弹不得。小风的鼻子冻红了，脸冻青了。

小风发现是三哥哥，央求说："哥哥，快放开我！我再也不敢了。"

冻说："说话算话？还敢干坏事吗？"

小风忙说："算话算话，再不干坏事！"

冻才松开小风妹妹。

小风一抖身子，嬉笑着飞走了，看见一个小孩手里举着棉花糖，她呼地一下把棉花糖吹到地上。

"不让我干坏事，我偏……"

小风的话音还没落，就再次被三哥哥冻住了。不管小风怎么挣扎，怎么哀求，冻都不放小风。小风的鼻子冻成草莓，脸冻成了青苹果，一个劲地打喷嚏。冻闭着眼，装作没看见；冻捂住耳朵，装作听不见。

直到天黑，冻才带着瑟瑟发抖的小风，回去见老天爷。

老天爷看着发抖的小风，也不抱她到腿上来，也不理她。

小风一个人躺在被窝里，阿嚏阿嚏打喷嚏，得了重感冒。

几天过后，小风的病才好。她天天趴在云朵上往下看，边看边想着心事。

这天，小风终于忍不住又溜到地上来玩。

老天爷悄悄地对冻说："跟着她，看她还干不干坏事。"

冻说："要是妹妹再干坏事，我可不敢冻她了，她上次的感冒可不轻呢。"

老天爷说："要是小风再干坏事，还要冻，要冻得更厉害一点儿！"

冻点点头，追小风去了。

小风正朝一个大哭着的小孩跑去，冻三步两步追上小风，躲在她身后。冻好紧张，小风又要干什么坏事呢？

那个哭泣的小孩泪流满面，妈妈蹲在旁边，怎么哄也哄不好。

小风跑过去，对着小孩手里的风车用力吹气，呼——风车飞快地转动起来。

"小宝，看，你的风车转了！"妈妈惊喜地叫道。

小宝眨着泪眼，看着呼呼转动的风车，高兴得破涕为笑。

在一旁为小风捏一把汗的冻，松了一口气。他想跑上前去夸妹妹两声，可小风从他身边一擦，就飞到红房子那边去了。

等冻找到小风，她正在忙着为一个锄地的农民大叔吹风呢。

那个农民大叔锄了一大片地，累得浑身大汗，小风把凉爽的风吹在他脸上，农民大叔抖抖衣襟说："多好的风啊，来得正是时候！"

冻在一边听着，满意地笑了。

冻跟了小风一天，咧嘴笑了一天。等一回到天上，冻就急急忙忙跑到老天爷那儿，汇报小风做的好事。

老天爷听了好高兴，他问："小风真变乖了吗？"

"她真的很乖呀，看来我冻她两冻，是对的。"冻说。

"她再也不会使坏了吗？"老天爷笑眯眯地问。

冻说："我敢保证，她再也不会使坏……"

冻的话还没说完，一股热辣辣的风直吹到他眼里，咕噜噜，冻的眼里流下两行泪水来。

"咯咯咯！"小风从哥哥的背后跳出来，发出一串笑声。"谁说我不会坏，我可坏呢！"

冻说："好啊，你这个顽皮鬼，看我不冻得你打哆嗦！"

冻追着嘻嘻笑个不停的小风跑了出去。

"哈哈哈！我的女儿小风多可爱呀！"

老天爷舒心地大笑起来。

在马路边招手的熊

像每个早晨一样，阿钟驾着他那辆刚买不久的货运车，不疾不徐地行驶在这条有点荒僻的马路上。晨雾笼罩住周围的一切。

已是深秋了，雾多起来。阿钟穿着他那件厚厚的红绒衣打开车门的时候，沾了满手的露水。他缩回手，搓了搓，在整个车身上扫了一眼，啊，那辆车的绿色车身上，蒙上了一层细细的露珠呢。他伸出一根食指，借着手里的红红的烟火，在露水上歪歪扭扭写了"阿钟豆腐坊"几个字，看着那几个字，阿钟咧着嘴笑了。阿钟没上过几年学，字也没写好，但他现在的豆腐坊开得真是很红火。他在城里卖的阿钟老豆腐，是祖传的手艺啊。他的豆腐总是最先卖完，最早收摊的。

阿钟豆腐坊在郊外，他开着车从豆腐坊拉豆腐时，路上的车极少，本来，这条路也不是主干道。阿钟一个人在路上跑的时候，是很冷清的，偶尔碰上一辆车，他会很愉快地和人家打招呼。

天还是那么暗，雾浓得飘不动，阿钟可不敢开快车，虽然路上几乎碰不到别的车。他慢悠悠地开，一边轻轻地吹着口哨。

正开着车呢，阿钟猛然发现路边有一个人拦车，手挥了一下。开始阿钟还以为是花了眼，天这么黑，这么冷，谁会在荒郊野外拦车啊。可是，那只胳膊又挥了一下。哎哟，前边的路沿好像真有一个人影。阿钟的神情变得恍惚起来，再往前开，车灯扫过去的一刹那，那只胳膊一下子伸长了，竟一直伸到了马路的对面。阿钟慌忙来个急刹车。

路边站着一个胖乎乎的女孩，在冲着阿钟毕恭毕敬地笑。

阿钟问："刚才是你拦车吗？"

"是我。你看，这路上只有我一个人。"那女孩说。

阿钟从车上跳下来，左看右看。他看见的都是雾。再回过头来看女孩的胳膊，也是短短胖胖的，根本不可能伸到马路的对面去。是车灯照的缘故吧？

"是要搭车去市里吧？上车吧。"阿钟说着，去拉车门。

女孩说："我不是要去市里，我只想向你讨一块豆腐。"

说着，女孩捧出一块粗瓷黑碗。

阿钟笑了："你怎么知道我车上拉着豆腐？"

"我的鼻子能闻到，是老豆腐吧。我妈妈她身体不好，说很想吃阿钟豆腐坊的老豆腐，能不能给一块呢？"女孩好像很怕被拒绝，不眨眼地盯着阿钟。

"这样啊。没事，我来切一块给你。"

阿钟动作灵活地跑到车上，打开一个豆腐包。

"好香啊！"女孩翘起鼻子。

阿钟切了一大块放在黑瓷碗里。

女孩摸了摸豆腐，笑着说："还是热乎的呢，我得赶紧端给妈妈吃。"

阿钟冲着女孩的背影说："该拿块大点的碗。祝你妈妈快点恢复健康！"

女孩的身影已经消失在浓雾里了。

阿钟心里很是愉快，有人在生病的时候，想吃他阿钟豆腐坊的豆腐，是很值得骄傲的呀。难得这个小女孩这么孝顺，起这么个大早，一个人跑到这冷冷清清的路边上来。

第二天早晨，阿钟的车又被那个女孩拦住了。

"能再给一块热腾腾的老豆腐吗？我妈妈很喜欢吃。"女孩紧紧地端着她的碗。

"这有什么，难得你妈妈喜欢吃。"

阿钟照例给了一块热豆腐，随口说："要快点跑，说不定跑回家还是热的呢。"

女孩看了阿钟一眼，没有说话，转身跑起来。

阿钟以为女孩听了这句话，不会再来了，可是第三天早晨，她又早早地等在那里了。

这样的事情持续了好几天，阿钟心中很是愉快，想想吧，这么早就有人在企盼着他的老豆腐，想一想就很幸福。

这天，因为在市里有点事，阿钟没有像以前一样，早早地赶回去，而是等到快中午时，才往家赶。经过那个女孩等车的地方时，他特地放慢车速，左右环顾着。周围并没有村庄，马路两边是很深的荒草，那个女孩是从多远的地方跑到这里来的呢？这样深的草，这样浓的雾，黑漆漆的天，就是一个大人站在这里，也会害怕的呀。莫非……下次跟在后边看看女孩往哪里去。阿钟打定了主意。

第二天早晨，就在女孩接过豆腐转身离去的时候，阿钟把车停在前边，悄悄地跟在女孩身后。

女孩走在这样深的荒草里，脚步却快得很，阿钟艰难地跟在后边，草叶扫在他的鼻子上，痒得他直想打喷嚏。

也没有一条路，越往里走，草越深。阿钟七拐八拐的，跟着女孩往前走。远远地，看见有一点灯火出现了。再往前走，见是一座矮小的房子，灯光就是从窗户里透出来的。

来到小房子旁，女孩灵活地踢开了虚掩着的门，嘴里说："妈妈，快起来吃热豆腐。"阿钟听见一个声音在应着。

等阿钟贴近窗户往里看时，不禁吃了一惊，淡淡的灯光下，那不是黑熊母女吗？那个手捧黑瓷碗，找他讨豆腐的女孩，正是黑熊的女儿呀，她现在是一只毛茸茸的黑熊呢。那蓖麻子串成串点着的火光，正照在她脸上。

只听黑熊妈妈说："老是吃白豆腐也有点厌了，要是有些蜂蜜洒在上面，嗯，那味道才好。"

黑熊女儿说："可惜阿钟只开豆腐坊。"

黑熊妈妈说："等我的腿彻底好了，我们去弄些蜂蜜来，拌在豆腐里，我敢说，那是天下难得的美味。"

黑熊女儿搬起黑熊妈妈的伤腿说："伤口还要等几天才能愈合，再吃几天白豆腐吧。"

黑熊妈妈一边点头一边吃，偶尔，黑熊女儿也会在妈妈的催促下吃上一口两口。

看到这里，阿钟都有些感动了，他弯下腰，一声不响地离去了。

这天早晨，阿钟除了给黑熊女儿准备了一大块豆腐外，外加上一罐上好的蜂蜜。当他把这些东西递给在路边等待的女孩时，女孩张大嘴巴，半天没说出话来，她久久地望着阿钟，深深地朝阿钟鞠了一躬，才转身离去。

"黑熊妈妈吃到这么美味的蜂蜜豆腐，一定高兴得嘴都合不拢了吧？接着她的伤腿也该好得快一点儿。"阿钟握着方向盘，心里美美地想。

为了黑熊母女，他特地去市里买了几罐蜂蜜回来，打算一天一大块豆腐，一罐蜂蜜，不出十天，黑熊妈妈的伤腿准能好个利索。

可是，自从黑熊女儿接受了那一罐蜂蜜后，她就再也没有来了。

也许，她们的那罐蜂蜜吃得很省吧，舍不得一下子吃掉。阿钟猜想着。

可是，连等了三个早晨，也没等到黑熊的女儿。

每次开车经过这个地方，阿钟都放慢速度，盼望着那个扮成女孩的黑熊会一下跳出来。

可是没有。

会不会是出什么事了呢？这样荒僻的地方，谁会发现她们呢？是对我信不过，到别的地方去了吗？黑熊妈妈的腿伤还没好，她怎么走得动呢？

本来，阿钟是准备了一把手电筒，打算去那间小房子里看看的。但是，临时又改了主意。也许黑熊母女并不想让别人去探视她们呢。他捏着手电筒的手，又缩了回去，开着车往前走了。

以后的早晨，除了浓雾，除了慢悠悠地开车，路上又像以前那么冷清了。

"这件事，就这样过去了。也没有结尾。"有时，阿钟会这样想。即使白天有空，他也不愿到黑熊母女躲的地方去看一看。

"我给黑熊母女豆腐和蜂蜜，完全是因为她们喜欢我的豆腐，我又不是想图她们的报答。这件事，就应该这样过去。"

阿钟对自己说。他心里释然了。

事情大概过去了有半年时间，一个初夏的早晨，阿钟开着车心不在焉地注视着前边的路。冷不丁地，从马路边走出来一对母女，嘻嘻哈哈地拦车。她们都穿着花长裙，女儿是那种桃红的花，妈妈身上的花就有些过头了，艳得有些刺眼。

"是到市里去吗?"阿钟从车窗里探出头来问。

"对，是。你能带我们去吗?"女儿问。

"有什么不能。"阿钟打开车门。

那母女一上车就开始笑，嘻嘻哈哈闹个没完。

阿钟好容易才得着机会问："你们母女俩到市里是要买什么东西吗?"

"去买一罐蜂蜜。"女儿抢先回答。

回答完马上闭上嘴，她好像发现自己说错了话。沉默了一下，那母亲补充了一句说："哦，是啊，最近嗓子干得很，是想买点槐花蜜冲水喝，润润喉。"

阿钟不禁浑身一震，一下子明白了这母女俩是谁，就是黑熊母女啊！只半年时间，黑熊女儿长大了，他一时竟没认出来。她的妈妈腿伤看来是早已好了，脚上还套着一双细细的高跟鞋呢。

只是，阿钟装作什么也不知道的样子，还特意推荐说哪里的蜂蜜最好最纯。还和她们说了几个笑话，所以车里一直笑声不断。

这是阿钟开车以来，车里最热闹的一次。

下车时，妈妈深深地吸了一口气说："啊，老豆腐的味儿就是香啊！"

阿钟本来想说："再来块老豆腐尝尝吧。"可话到嘴边，没有说出口，黑熊母女已从另一条街走了。

中国当代童话新锐作家丛书

110

"就是她们，错不了。"阿钟自言自语。

不知道她们母女现在生活在哪里？还在那深草中的小矮房子里吗？他仿佛又看见了那串用蓖麻籽点着的灯火，灯火里那张小熊的脸。

她们总算出现了！阿钟很放心似的叹了一口气。

"我该邀请她们到家尝尝蜂蜜豆腐的。"阿钟想，"不过，她们好像不想被认出来呢。她们爱过不被打扰的生活。"

只是，可惜了那些蜂蜜，还有整整九罐呢。

有一回，阿钟特地用蜂蜜拌了一碗老豆腐。只不过，他只吃了一口就再也吃不下去了，也难怪，阿钟从来就不喜欢甜食的嘛。

鳄鱼皮鞋

在一片很大很大的沼泽里，生活着两只小鳄鱼，一只是鳄鱼哥哥，一只是鳄鱼妹妹。他们是很要好的朋友。

沼泽真是很美丽啊，那里有很多泥水可以玩，风是又湿又软的，把岸边的深草吹得绿油油的，把那些花儿吹得鲜艳欲滴的，就连鸟雀的歌声也被湿软的风，吹得水灵灵的。

小鳄鱼哥哥泥泥和小鳄鱼妹妹灵灵都很喜欢他们的沼泽。每当傍晚，泥泥和灵灵就爬出沼泽，在岸边碧绿的草地上看落日，红红的、圆圆的落日，该是又软又甜的吧？泥泥和灵灵馋得口水都流出来了。他们看蝴蝶跳舞，听鸟儿唱歌。鸟儿的歌声真好听，他们想靠近一点听，那些鸟儿看见他们，都吓得拼命地飞走了。

"唉，我们太丑了呀！"灵灵叹气说。

"唉，我们太可怕了呀！"泥泥也叹口气说。

于是，他们拖着长长的身影走进深深的沼泽里去了。

每天傍晚，他们照样欢欢喜喜地爬上岸，因为每天傍晚天空和周围的风景都是那么新鲜，泥泥和灵灵永远都看不够呢。

那是一个没有风的傍晚，泥泥和灵灵又一块爬出沼泽。哎呀，周围为什么这么静呢？泥泥觉得有点奇怪，灵灵有些不安。他们朝四周看看，似乎有一种很可怕的东西正朝他们包围过来。灵灵害怕地说："我们回到沼泽里吧，我的心在怦怦地跳。"

泥泥说："怕什么，我们才是最可怕的呀。来，我们好好看落日，什么事也不会发生的。"

泥泥刚说完这句话，他的两眼一黑，就什么也看不见了。

泥泥是在疼痛中醒来的，他看见自己在一条繁华的大街上，而且他的身体和头不在一起。啊呀，怪不得那么痛啊，这是怎么回事呀？他挤掉眼里的泪，才看清身边有个白头发老鞋匠，他正往一根很长很长的针上穿线。

"老爷爷啊，快把我的头和身子缝在一起吧!"泥泥哀求道，成串成串的泪水从他的眼里掉下来。

老鞋匠看着泥泥的眼泪，他一点也不同情地说："我费了很大很大的劲才用锯子把你锯开，你的皮可真厚呢，我不会再把你缝到一块去的。"

"你为什么要把我锯开呢？我从来没有吓唬过你呀。"泥泥不明白老鞋匠为什么要这样做。

老鞋匠说："我要用你做一双鳄鱼皮鞋，穿在脚上会很气派的。我这辈子还没用过这么好的皮子做过鞋呢。"

"啊，那样我的爸爸妈妈会想我的，还有我的朋友灵灵。灵灵，老鞋匠，你知道灵灵在哪儿吗？"

"是另外一只小鳄鱼吗？她也许在另外一个老鞋匠那

儿，那是个女鞋匠，她只做女人穿的皮鞋。"

"你能带我去看看我的朋友吗?"

"不能不能，我得马上把你缝在鞋底上，要不了几天，那个年轻人会来拿他的鞋的。到时候，你愿意去哪儿，年轻人的脚就会带你去哪儿。"

老鞋匠说着话儿，用穿着长线的针狠狠地朝泥泥身上扎去，泥泥眼前一阵发黑。

等泥泥又一次醒来时，他已经被制成一双皮鞋，身上缝着线，还钉着钉子，他浑身痛得没有一点力气。老鞋匠见泥泥醒来，拿来一面镜子让泥泥看。

"瞧，你多漂亮啊! 小鳄鱼，你遇到我这样巧的鞋匠，应该感到幸福哟。今天，那位年轻人就来拿走你，你这么漂亮，我真有点舍不得你。"老鞋匠用粗糙的手抚摸着小鳄鱼。

泥泥在镜子里认不出自己来，都是老鞋匠把自己变成这个样子，多可怕呀! 灵灵现在怎么样了呢? 她被做成鞋时，会痛得流好多好多眼泪吧? 可怜的灵灵，她一定很想我，想我快去帮帮她。可是……泥泥盼望那个年轻人快点来把他带走。

那个年轻人终于来了。

年轻人穿着一身光闪闪的皮衣，那是用谁的皮做的呢? 泥泥看了浑身直打战。他骑着一辆摩托车，车后坐着一位很漂亮的姑娘，她好看得让泥泥吃惊。

年轻人将泥泥做的皮鞋穿在脚上，那位姑娘用鸟儿一般的声音说："多高贵呀，你看上去真帅呢！"

年轻人快活地笑了，"我也要送你一件高贵的礼物，希望你收下。"

漂亮的姑娘笑了，笑得像沼泽西边的红夕阳，像可爱的小鳄鱼灵灵。

灵灵，你在哪里呀？

年轻人带着漂亮的姑娘走啊走，来到另一个老鞋匠那儿。

泥泥看见了灵灵，灵灵被做成一双高跟女皮鞋，她的样子泥泥半天才认出来。她被当成高贵的礼物，送给了漂亮的姑娘。灵灵看着泥泥，痛苦得一句话也说不出来。

漂亮的姑娘穿着灵灵做的皮鞋，和年轻人站在一起，他们笑得很开心。

泥泥望着灵灵，灵灵望着泥泥，他们都哭了，他们太痛了哇！泥泥想对灵灵说很多话，灵灵也想对泥泥说很多话，可他们的嘴巴张不开，他们的嘴巴被线缝住了，被钉子钉住了。

"再见！"

泥泥听见那个漂亮的姑娘说，然后，她穿着灵灵做的皮鞋轻快地走了。泥泥想喊住灵灵，却张不了口，想追赶灵灵，却动弹不得。后来，年轻人带着他朝与灵灵相反的方向走去。啊，原来老鞋匠说的是假话。并不是他想去哪里，年轻人带他去哪里，而是年轻人要去哪儿，他就得跟到哪儿。

泥泥多么讨厌当鞋子啊，那飞扬的尘土呛得他嗓子痛，那刺鼻的鞋油让他恶心。他每天都在努力挣脱身上的线和钉子。他想念灵灵，每当年轻人带他出门时，他都仔细地看那些来来往往的鞋，希望能看到灵灵。他希望年轻人再去找那位漂亮的姑娘，那样就能看到灵灵了。

年轻人每晚都要去舞厅，他是舞厅里的白马王子，他的舞跳得那么好，每一位姑娘都愿意跟他跳。可是，他并不想跳，常常坐在桌子前，像在等一个人。一定是那位漂亮的姑娘，泥泥猜想，他像那年轻人一样，盼望她快快出现。

那是一个灯光明亮、音乐动听的夜晚，漂亮的姑娘出现在舞厅。泥泥一眼就看见了她脚上的灵灵。

"灵灵！"泥泥真想马上奔跑过去，可是年轻人没有动，因为漂亮的姑娘在跟另外一个人跳舞。

"啊，真坏呀！"泥泥马上讨厌起那姑娘来。在姑娘拼命旋转的时候，泥泥看见灵灵那悲伤的目光，泥泥的心都碎了。他使劲挣脱着，想甩去那些线和钉子，他在心里喊：灵灵，我一定去救你！

漂亮的姑娘终于朝年轻人走过来，他们抱在一起，开始跳快三，"蓬嚓嚓！蓬嚓嚓！"脚步声像在催促泥泥快行动。泥泥使出全身力气一下挣脱了线和钉子的束缚，噢，好轻松啊！他要马上帮助灵灵也挣脱那些令她喘不过气的线和钉子。于是，小鳄鱼泥泥张开大嘴狠狠地咬了过去。

"哎哟！"

漂亮的姑娘尖叫一声。

"怎么啦?"年轻人慌忙问。

"你把我的脚都踩碎了!"漂亮的姑娘委屈地揉着脚。

年轻人不明白，他是舞厅里的白马王子，跳舞从来没有踩过人呀。他忙解释："对不起，我好久没跟你跳舞，有点紧张呢。"

漂亮的姑娘原谅了年轻人，他们继续跳舞。年轻人跳得很小心，漂亮的姑娘脚步跳得很慢很慢，泥泥刚才咬的那一口太重了，现在还一阵阵刺痛呢。

泥泥想，只有这会儿才离灵灵最近，得马上救出灵灵，不然就没有机会了。于是，第二口又重重地咬了过去。

"啊!"

漂亮的姑娘惨叫一声，倒在地上。

"你、你怎么啦?"年轻人吓坏了。

"是你故意踩了我，还装糊涂，我再也不愿见到你了!"

漂亮的姑娘爬起来，哭着一瘸一拐地跑出舞厅。

"灵灵! 灵灵!"

泥泥大声喊叫，漂亮的姑娘却头也不回地把灵灵带走了。

年轻人像傻了一样，他晃晃悠悠出了舞厅，到酒馆里喝了好多好多酒，醉成了一摊泥。

泥泥趁机逃走了，当然，他没忘带上他的半截身子。

泥泥自由了，他要去找灵灵，他要每家每户地去敲门寻找。如果那漂亮的姑娘不肯放灵灵，他就要用锋利的牙齿咬她的脚，她一定会害怕会放灵灵走的。

泥泥并没有费什么工夫，因为灵灵从一个粉红色的窗户里被扔了出来。漂亮的姑娘不再喜欢踩她脚的年轻人的礼物。嘻嘻，她还以为是年轻人踩了她呢！泥泥为自己的行为得意不已。

看见灵灵，泥泥还以为自己在做梦呢。他三下两下咬去灵灵身上的线和钉，灵灵自由啦！他们抱在一起又哭又笑。

灵灵和泥泥一起去找老鞋匠，让老鞋匠把他们的头和身子缝在一块儿。老鞋匠不敢不缝，他怕小鳄鱼那锋利的牙齿呢。

泥泥又成了真正的小鳄鱼哥哥；

灵灵也成了真正的小鳄鱼妹妹。

他们回到了沼泽回到了家，在沼泽里喝了三天水，洗了六天澡，才感觉舒服点儿。

泥泥和灵灵还爱看夕阳，只是他们不再爬上岸来，只在沼泽里露出他们的头和眼睛。

河马当保姆

河马三天没吃东西，一股大风就能把他刮走。饿呀，饿呀，受不住了，河马一眨眼睛，一串眼泪掉在了脚背上。这么大个子掉眼泪，人家看见会笑话的。河马埋下头，他看见什么啦？电线杆上贴着一张纸，纸上写着：猫妈妈急需保姆，快来！

河马一口气跑到猫妈妈家，轻轻地敲了敲门。

"谁呀？"猫妈妈开门一看，吓了一跳。

河马赶紧垂下头，把高大的身躯往下缩了又缩。

猫妈妈笑了："河马，你是来当保姆的吗？"

"是的。"河马搓着大手说。

"你以前当过保姆吗？"

"当过，人家嫌我个子大。"

"个子大有什么不好，没人敢欺负我的宝宝。"

"人家还嫌我声音大。"

"不大不大，和我们猫的声音差不多。"

"不是的，这会儿我很饿……"河马想说因为饿才不能大声说话，猫妈妈不往下听，赶紧端了一锅子面条来。

"别客气，吃吧，吃饱才能干活。"猫妈妈说。

河马吃了一点就停下了，他不知道猫妈妈让不让他

在这儿当保姆。

"看，你的饭量一点也不大。"猫妈妈歪着头说。

河马眨眨眼没吭声，其实他可以一口气吃三锅面条。

"好，我很中意你!"猫妈妈像做广告似的。

河马咧着嘴笑了。他的嘴唇那么大，要是用口红的话，一次得用两支。

猫妈妈把猫宝宝交给河马，就上班去了。

河马高兴地从摇篮里抱起猫宝宝，揉揉鼻子说:"你妈妈真是个好心人呀!"也许是河马那一张一合的大嘴巴，吓坏了猫宝宝，他哇的一声大哭起来。

哦，猫宝宝饿了! 河马把饼干筒里的饼干一股脑儿倒进嘴里，一边哼哼唧唧地哄猫宝宝:"猫宝宝，不哭不闹，嚼烂饼干就喂你一个饱!"河马嚼了半天之后，一摸嘴什么也没有了。原来饼干都流到他肚子里去了。

猫宝宝哭得更厉害，河马又慌忙煮了一大锅子牛奶，呼呼地吹着气。他尝了一口，很烫啊! 这样会把猫宝宝的舌头烫坏的。又吹气，又尝一口。尝了一口又一口。尝到最后，牛奶只有一滴雨水那么多了。啊，这下不烫了，河马把这滴牛奶倒进了猫宝宝的嘴里。可怜的猫宝宝，嗓子都快哭哑了。

"呵——呵——好累啊!"河马的眼皮沉得睁不开了，"我三天三夜没睡觉了。"

河马在猫宝宝的哭声中睡着了。猫宝宝的哭声成了河马的催眠曲。

猫妈妈下班回来，开不了门，只得大声喊："河马！河马！"

河马的呼噜像打雷。

"河马！河马！"

河马哼了一声。

"河马！河马！"

河马惊醒来，开了门。

"快把猫宝宝放进摇篮里！"猫妈妈皱着眉，捂紧了耳朵。

河马把猫宝宝放进了摇篮，猫妈妈摇啊摇，猫宝宝立刻不哭了。

河马从地上站了起来，猫妈妈惊讶得张大了嘴巴。

"天啊，你的个子怎么变得这么大？"

"一直是这样。"河马摸着肚皮不好意思地说。

"哎呀，河马，你的声音大得快把屋子震倒了！"

"我知道你会这么说的。"河马的眼神暗淡下来。

"你生气啦，河马？"

"没有……我想告诉你，今天上午，猫宝宝吃了一筒饼干。"

"一筒饼干？"

"还有一锅子牛奶！"

"一锅子牛奶？哈哈哈……"猫妈妈大笑起来。

"你笑什么呀？"河马莫名其妙地盯着猫妈妈。

"猫宝宝这么小，怎么能吃得下这么多东西，他又没长着河马肚。"

河马的脸"刷"地一下红了，连眼圈都红了。

猫妈妈急忙说："河马，你千万别哭啊，你的两滴眼泪掉下来，非把我家里的东西都漂走不可。"

河马捂住了眼睛。

猫妈妈慢慢走近河马："河马，听我说，你不适合当保姆。"

"这么说，我又得回去跟爸爸一起养鱼啦?"

"养鱼? 你养过鱼吗? 太棒啦! 对我来说，生活中绝对少不得鱼。"

"是这样吗? 你不觉得养鱼没出息吗?"

"不不，养鱼太有出息了! 太伟大了!"

"嗯，我应该回家去养鱼。"河马的目光望着门外，"不应该瞒着爸爸跑到城里来。"

猫妈妈拿出钱和一大袋子点心说："祝你一路顺风!"

河马感动地说："谢谢你，等赶明儿我一定给你送一箩筐大鱼来。"

"唔，我真想去给你当保姆，那样我就有好多好多鱼吃了。"

说罢，猫妈妈和河马都大笑起来。

大鼻子先生的故事

　　有一位先生长着一只大鼻子，别人都习惯叫他大鼻子先生。他的鼻子当然不像大象的鼻子那么突出，只是又扁又大，和别人的一比显得硕大无朋。大鼻子先生也觉得自己长着个大鼻子不美气。不过，大鼻子先生已经娶了妻子，并且也有了儿子。儿子常常揪着他的大鼻子玩，这倒给儿子省了个玩具，有什么不好呢！

　　因为工作的需要，大鼻子先生一家来到鸡肠子市。这个市，长得又细又弯，戏称鸡肠子市。就像"大鼻子先生"一样，只喊他的长相，不叫姓名。

　　大鼻子先生第一天拎着公文包去上班，这个市对他当然是陌生的。他不由得抽着鼻子吸着鸡肠子市的空气，东张西望。他希望自己能很快适应环境，让工作有一个好的开端。他的皮鞋很亮，眼睛很亮，"丝丝丝"鼻子抽得也是那样自信，响亮，他坚信前边全是好兆头。"嘎"的一声，一辆高级轿车在大鼻子先生身边猛然停下。大鼻子先生吓了一跳，他以为自己出了什么差错。朝车里看看，车窗上蒙着黑纱什么也看不见。他再看看自己的两脚，好好儿走在人行道上，便放心地朝前走去。第一天上班千万别迟到了。

大鼻子先生不知道车里坐的是鸡肠子市的市长。市长看着大鼻子先生的大鼻子，皱着眉头跟司机说："这个人长得不顺眼，脸上除了一只大鼻子几乎什么都没有了。我从来没签字让我们鸡肠子市公民长着这么个大鼻子。"市长听说他爷爷的爷爷的爷爷也是个大鼻子。市长大人的爷爷的爷爷的爷爷长大鼻子是理所应该的，而一个平平凡凡、普普通通的大鼻子先生也长着大鼻子真是岂有此理！

　　司机——尤其是市长的司机——像警犬一样精明。他送完市长，折回来一声不响地截住了大鼻子先生的去路。他从车窗缝里露出两只刀子一般的眼睛冷森森地说："不要让你的大鼻子在光天化日之下，明目张胆、毫无畏惧、恬不知耻地招摇过市，再被市长大人撞见，小心大鼻子！"说完，车像箭一样射向岔道。大鼻子先生吓得浑身直打哆嗦，他没想到市长先生会怪罪他的大鼻子，他的大鼻子没搞过破坏呀，有什么过错呢？

　　回到家，大鼻子先生脸色发白，"怎么回事，第一天上班就不顺心吗？"妻子问。

　　"是啊，因为我的鼻子。天哪，快给我想个办法吧！"大鼻子先生把事情的经过告诉了妻子。妻子是位智多星，嘿，她的主意就像她那满头的黑发一样多。不一会儿，妻子找来黑色胶布贴在大鼻子先生的鼻子上了。

　　可儿子不干了，他每天要在爸爸的大鼻子上开车，这样一来，就开不成了，他又哭又闹，大鼻子先生说：

"儿子呀，爸爸必须贴住鼻子，不然别人要把爸爸的鼻子割掉喂野狗的。"

儿子问："为什么？为什么？为什么？"

大鼻子先生回答："它和别人的鼻子长得不一样呗！"

大鼻子先生出门鼻子贴着黑胶布，可怜的鼻子开始了囚徒般的生活。鼻子上贴着胶布，只有大鼻子先生才知道有多难受。"鼻子啊鼻子，你为什么要长这么大个儿呢？"大鼻子先生唉声叹气。这些天仿佛自己长矮了一截似的。

过些日子，大鼻子先生适应了那块胶布，他不再像前几天那样低着脑袋罪犯似的，而是高高地昂着头。正走着，一名警察拦住了他，盯着他问："你脸上黑咕隆咚一大块是什么？"

"是胶布。"大鼻子先生赶忙回答。

"把它揭下来！"警察命令。

"为、为、为什么？"大鼻子先生怕出差错。

"影响市容！瞧你那副鬼样！"警察说着一把撕掉了那块黑色胶布。一只又大又白的鼻子卧在大鼻子先生的黑脸上，非常突出，异常丑陋。

"呸，这样大的鼻子，影响市容！伤害别人的目光！"警察一针见血地指出罪证。

"那，那怎么办呢？"大鼻子先生急得直搓手。

"怎么办？罚款 50 元！下次再见你带着大鼻子招摇过市，加倍罚款！"警察恶狠狠地说。大鼻子先生只好拿出 50 元交给警察。

回到家，大鼻子先生越想越难过，越想越委屈，眼泪成双搭对地掉下来。妻子说："哭有什么用呢，戴上口罩吧！"

"大热的天，我戴口罩，警察会说我出洋相，更影响市容了，更加倍加倍罚款的。我一月可没几个钱！"大鼻子先生泪流不止。

妻子出主意道："你就说你有传染病，警察还能不让你戴吗！"

大鼻子先生含泪戴上寒冬才用得着的大白口罩，把鼻子捂得严严实实。六月，太阳火似的，怎么受得了？可又有什么办法！

刚出门，很多人都奇怪地瞅着大鼻子先生，仿佛他是天外来客。大鼻子先生低着头，用手捂着口罩，急匆匆地走，恨不得马上走进自己的办公室。很多小孩都跟着大鼻子先生指指点点，小声说："这人肯定是化了装的特务，电影里的特务就是这样不分春夏秋冬都戴着口罩，怕警察认出了他的相貌。"大人们一致认为大鼻子先生是个疯子，至少也是个智障什么的。

"站住！"忽然，警察大喝一声，大鼻子先生立刻像钉子一样钉在地上。"为什么要戴口罩？"警察问。

大鼻子先生垂着眼睛回答说："我有传染病。"

警察一听倏地蹦到一边，怕传染病传染到他身上。

骗过警察，大鼻子先生急急忙忙钻进一条胡同，他热得实在受不了。他取掉汗淋淋的口罩，大口吸着空气。一摸脸，出了满脸的痱子，一见热烘烘的太阳，"啪啪啪"炸起来，炸得他烦躁得直跳脚。突然，一位穿白大褂的医生走过来，他一眼就看见了大鼻子先生的鼻子，不禁瞪大了眼睛。大鼻子先生想戴上口罩已来不及了。医生指着大鼻子先生的鼻子问："怎么回事？"

"不怎么回事，它自己要长这么大的。"大鼻子先生苦恼地回答。

"不行不行，我绝不能看见一个人有这么大的鼻子，又不是河马、大象！"医生说完，摁了摁他头上的红"十"字，"都来来来！"红"十"字响了，不一会儿一辆救护车开了过来。

大鼻子先生一见撒腿要逃跑，不料医生抢先一步揪住了他的鼻子，救护车正好赶到，医生揪着大鼻子先生的鼻子，把大鼻子先生揪上车。

"呜——呜——"大鼻子先生被带进医院，押上手术台，他挣扎了半天，鼻子还是被医生强行用一把锋利的手术刀"咔嚓"一声削掉了。医生这才放心地松了口气，看着没鼻子的大鼻子先生点头，微笑。大鼻子先生摸了半天也没摸到自己的鼻子在哪儿，他伤透了心，"哞"的一声，母牛一般地哭起来。

"哭什么，有什么好哭的！呶，挑一个吧。"医生端来一大盘子鼻子让大鼻子先生随便选。那些鼻子其实都一般大，不需挑拣。大鼻子先生不想把不是自己脸上的东西安在自己的脸上。可是，他那可爱的、亲切的、给了儿子无数次欢乐的鼻子被割掉了，只得从盘子里拿了一只鼻子安上。

大鼻子先生推开自己家的门，妻子和儿子都愣愣地瞅着他。妻子做了一大桌好吃的，桌子上还放着大生日蛋糕。大鼻子先生才想起今天是他的生日。他要往椅子上坐，妻子却问："你找谁呀？"

大鼻子先生吓了一跳，回答说："我是你丈夫哇！"

"你不是我爸爸，我爸爸有大鼻子，你的鼻子不大！"儿子尖叫道。

"是呀是呀！"妻子附和说。

"我真的是大鼻子先生！"大鼻子先生强调说。

妻子和儿子听了都很生气，妻子难道认不出她的丈夫？儿子难道认不出他的爸爸吗？妻子和儿子都是爱大鼻子先生的呀！她（他）们最熟悉那只大鼻子，不用看，闭着眼用手摸一下就清楚。然而，这个自称是大鼻子先生的人，只有一只和普通人一样的鼻子。

眼看大鼻子先生就要成为妻子和儿子的陌生人，他哭着把事情经过讲了一遍，千解释万说明，妻子和儿子才慢慢相信他。可是，一桌菜谁也没吃一口。

这以后，大鼻子先生不爱说笑了。和谁说笑呢，妻子和儿子不知为什么都不再亲近他，常常用怀疑的目光打量他。他孤独，寂寞，变得爱吸烟喝酒了，而原来的大鼻子先生可不是这样的。妻子和儿子更加怀疑他是否是大鼻子先生，更加疏远他。可怜的大鼻子先生失去了欢乐、幸福，也失去了对生活的兴趣，他每天都是醉醺醺的，醉醺醺的能把一切痛苦都忘了。

一天半夜，大鼻子先生醉倒在街心痛哭，被一个来人间闲逛的仙人遇见了。仙人听大鼻子先生哭得怪伤心的，就说："可怜的人，有什么痛苦对我说吧，我能满足你的愿望。"

"我想要一个大鼻子。"大鼻子先生连忙说。

"哈哈哈，"仙人笑了，"这太容易了。不过，你必须告诉我你为什么想要一个大鼻子。"

大鼻子先生把他的大鼻子的遭遇从头到尾讲了一遍。

仙人听了也想不出好主意来，大鼻子先生有没有大鼻子都会很痛苦。仙人从来没遇到这样难办的事，他挠挠头皮，对大鼻子先生说："等我想出两全齐美的办法再来，你等着。"说着忙化成一阵烟溜走了。

大鼻子先生坐在街心等啊等啊，直等到他的胡子在地上推了三尺厚，还没等到仙人。

嘟哩公主和她的六个大臣

　　在……反正我不说你也知道那个地方，有一座白色的奶油宫殿。通往宫殿的路是用带花边的饼干铺的，路边有又大又粗的甘蔗做成的栏杆，栏杆两边是清清的水池，左边养着热带鱼，右边养着美人鱼，草坪上停着一架儿童飞机。这一切一切，都是属于至高无上的公主——嘟哩的。嘟哩公主8岁，180斤，她每走一步路都得有六个臣民扶着。可怜的嘟哩公主，肥胖让她的眼睛大部分时间躺在眼皮里睡觉。这真是太糟糕了，六个臣民都很替嘟哩公主难过，这么多好吃的好玩的，她都看不见，真是岂有此理。于是大臣们召开了一个紧急会议：怎样才能让嘟哩公主的眼睛在不睡觉的时候睁着。

　　好，先让我来介绍一下嘟哩公主的六个臣民：钦差大臣兼贴身女仆——妈妈；钦差大臣兼司机、保镖——爸爸；医生兼厨师——奶奶；故事匣子兼出气筒——爷爷；老马兼魔术师——姥爷；使女——姥姥（因为姥姥太老，不能再兼别的要职，这可不能怪嘟哩公主不封官给她当）。

　　会议室里，气氛很紧张，大家都拿着发言稿准备发言。钦差大臣兼贴身女仆妈妈首先发言："不公平不公平太不公平了，大伙的眼睛都看了那么多好东西，公主却什么也看不见，公主能快乐吗？"

"我有一个办法，只要公主能快乐，我们也把眼睛闭上。"故事匣子兼出气筒爷爷说。

"这个主意不赖，反正没有老花镜帮忙我也看不了寸把远。再说，天天不睁眼睛，我就不用跑 100 里以外的魔术班去学魔术了。当一匹瞎马在屋里驮嘟哩公主走来走去，也不错。"

"这是个馊主意！"医生兼厨师奶奶一拍桌子站起来，"闭着眼睛让我们怎样当厨师，连胖虫子一块煮吗？我闭着眼睛给你们打针，你们愿意吗？"

使女姥姥还没来得及发言，木楼梯传来一阵"吱吱嘎嘎"的声音，接着"哎哟"一声从楼梯上扔下两只又高又细的鞋跟，嘟哩公主又把鞋跟压断了。这是她压断的第 289 双鞋跟。

使女姥姥急忙从皮鞋柜的木格里取出一双高跟鞋为嘟哩公主穿上。嘟哩公主的手里抱着蓝眼波斯猫。对了，忘了介绍，波斯猫是嘟哩公主的宠物，波斯猫每天都陪伴在嘟哩公主左右。

嘟哩公主的脸像白云团，眼睛像又淡又短的铅笔线，头上扎着冲天辫。一下楼梯就大发脾气。

"谁让你们在这儿开会的，有我的命令吗？！"

嘟哩公主恼怒地一松手，把波斯猫从楼梯上摔下去，波斯猫惨叫一声晕倒在地。医生兼厨师奶奶给波斯猫打

了一支强心针，他才醒过来。波斯猫连忙跪在地上说：
"谢嘟哩公主没把我摔死之恩！"

嘟哩公主一扬脸尖叫道："我要去外面散步！"

六位老臣急忙扶住嘟哩公主往外走，波斯猫在前边
带路。

走在可爱的饼干路上，嘟哩公主不断地扔着一团团
手纸，两个钦差大臣悄悄地在身后打扫着，一点也没惊
动嘟哩公主。

满身花纹的热带鱼在水里游着，组成各种各样的图
案，十分好看。嘟哩公主看着看着皱起了眉头："这些鱼
儿干吗长那么多花纹？讨厌！波斯猫，吃掉它们……"

"是！"波斯猫一下跳进了池子。

"波斯猫，滚上来！"嘟哩公主汽笛般地叫道。

波斯猫湿淋淋地爬上来，狼狈地站在嘟哩公主面前
听候吩咐。

"我命令你去把那些热带鱼的花纹吃掉，听清楚了
吗？"

波斯猫傻眼了："你是说只让我吃掉它们的衣服，留
下它们的身子？"

"不错！"嘟哩公主说完转身走了。

波斯猫托着腮帮子蹲在池边发愣，天哪，光吃衣服
不吃肉，多么残酷！自己能忍住嘴馋吗？热带鱼儿不穿
衣服还能活吗？波斯猫哭丧着脸去求热带鱼："嘟哩公主
有令，要我咬下你们的衣服，我怕一失嘴你们的身子也

咬碎了，拜托你们自己脱下来吧。给你们 10 分钟时间，10 分钟后嘟哩公主见你们没变，我的小命就没有了！"

波斯猫背过身去，在苹果树下等待着。10 分钟后，他来到池边。咦，池子里怎么一条热带鱼也没有了？再一看，原来热带鱼一同跳上岸，集体自杀了。临死仍摆成一个大大的热带鱼图案，奇艳无比！

波斯猫吓坏了，连忙跑去向嘟哩公主禀报：

"不不不好了，热带鱼集体自杀了！"

嘟哩公主冷冷地说："自杀就自杀吧，那些鱼儿都赏你吃了！"

波斯猫听后打了个冷战，差点没晕过去。

嘟哩公主指着池中有着优美身段的美人鱼说："它们太瘦了，给它们送 100 斤奶油、100 斤猪油来！"

钦差大臣兼司机、保镖马上运来了 100 斤奶油和 100 斤猪油，全部倒进美人鱼池子里。美人鱼被呛得大声咳嗽，流眼泪，谁也吃不下。

嘟哩公主下令："快把我的午餐运到这儿来用，我要和美人鱼共进午餐，看着它们把 100 斤奶油和 100 斤猪油全部吃掉，让它们变得跟我一样胖！"

眨眼工夫，午餐摆好了：一盘奶油、6 个鸡腿、8 个油炸鸡蛋、10 只海虾、12 只海蟹、两公斤牛奶、一打薄饼。嘟哩公主挥手对大臣们说："好了，我今天胃口不好，就勉强吃这些东西吧。"

医生兼厨师奶奶愁眉苦脸地说："嘟哩公主，平时你吃的有这三倍多，今天是不是病了？""不用你操心，退下！我要边看魔术边进餐！"嘟哩公主说。

老马兼魔术师姥爷马上跑上前来，抖开格子手绢飞出三只麻雀；一捋白头发，全变成又黑又亮的头发；揪一揪鼻子二丈长，捏一捏嘴巴赛河马；挥起闪着寒光的银刀把故事匣子兼出气筒砍成三段，捻一个响指又把他恢复成原状……

嘟哩公主乐得哈哈大笑。钦差大臣兼贴身女仆妈妈，举着照相机"咔嚓咔嚓"没个完地为嘟哩公主拍照，这些照片都将被放大，放在展厅里供王宫里六个大臣慢慢欣赏。

嘟哩公主边吃边往池子里吐骨头，扔虾皮蟹壳。美人鱼们躲躲闪闪，忧伤地抱在一起。嘟哩公主见美人鱼们没有吃奶油和猪油，顿时火冒三丈（嘟哩公主经常火冒三丈，王宫上空常常浓烟滚滚，火光冲天，三里开外的天空，鸟儿不敢飞，云儿不敢留，连风儿都绕着走）。

嘟哩公主吼道："大胆美人鱼，敢不吃奶油和猪油，杀头！"

老马兼魔术师姥爷挥着寒光闪闪的大刀，吓得美人鱼急忙往嘴里塞奶油和猪油，却又吞不下，直往外吐。

一旁的医生兼厨师奶奶小声嘀咕："逼美人鱼吃它们不喜欢吃的东西，太痛苦了！"

"杀头！"嘟哩公主大喝一声，一脚踢翻了桌子。

大臣们吓得脸色苍白，纷纷替医生兼厨师奶奶求情。

"杀头！"嘟哩公主仍坚持自己的意见。

大臣们都哭了，跪着不肯起来，一定要嘟哩公主不杀医生兼厨师奶奶才肯站起来。

嘟哩公主厌烦地跺着脚说："好吧，饶她不死，把这个罪臣削职为民，离开王宫！"

奶奶谢了不杀之恩，卷起包裹，一路淌着泪回乡下了。

池子里的美人鱼还在边吃那些白花花的奶油和猪油，边哇啦哇啦往外吐。

在一个月黑风高的夜里，池子里的美人鱼全部失踪了！

整个王宫惊慌不已，都在四处寻找美人鱼，可哪儿也没有美人鱼的踪迹。

在人们都在寻找美人鱼的时候，只有故事匣子兼出气筒爷爷坐着没动，脸上挂着冷冷的笑。

嘟哩公主十分恼火，认为一定是故事匣子兼出气筒爷爷捣的鬼，就下令把他也削职为民，赶到乡下找奶奶去了。

嘟哩公主失去了两个大臣，心里很不是滋味。有时她越想越恼火，把怀里的波斯猫揪得惨叫不已。不久，漂亮的波斯猫成了恐怖的癞皮猫。

这天，老马兼魔术师姥爷和使女姥姥来参拜嘟哩公主。

"有什么好消息吗？"嘟哩公主问。

"有的有的，"老马兼魔术师姥爷连忙回答，"就是我准备离开王宫，不再惹嘟哩公主生气了。这一段时间，我腰酸背痛再也驮不动嘟哩公主了，变魔术的时候手发抖，想变杯子变成了个鸡蛋，想变麻雀变出来的却是一只癞蛤蟆。"

"呸！真够恶心的，看来你已经没用了，只有离开王宫了。"嘟哩公主说。

"谢谢嘟哩公主，只是我希望带上我的老伴——你的使女，她已经老得两眼昏花，双耳全聋，说话流口水，她老得连自己都照顾不了，更不能照顾嘟哩公主了。请恩准她跟我一起告老还乡吧？"

"恩准！"

嘟哩公主一甩袖子闭上眼睛睡觉了。

王宫里只剩两个钦差大臣在嘟哩公主的左右伺候着。

夜晚，钦差大臣兼贴身女仆妈妈忧心忡忡地说："前四位大臣就是我们将来的下场，再在这儿待下去实在没有意义了。可我们又不太老，嘟哩公主不会恩准我们告老还乡的，怎么办呀？"

"我们逃走吧！"钦差大臣兼司机、保镖爸爸低声说，"我开飞机把你带走，到嘟哩公主找不到我们的地方。"

两位钦差大臣的声音越来越小，最后，他们房间里的灯灭了。两个黑影悄悄来到草坪上，朝那架儿童飞机走去。

早晨，嘟哩公主饿了呼唤仆人，可整个王宫静悄悄的，没有仆人来伺候嘟哩公主。

"杀头！杀头！"

嘟哩公主撕咬着被子大喊大叫。

嘟哩公主在床上哭了很久很久，才听见外面传来一阵轻微的脚步声。

"是谁？"嘟哩公主用沙哑的声音问道。

"我，你的宠物癞皮波斯猫。"波斯猫在门外小声回答。

"你干什么去了？为什么不在我身边伺候着？"嘟哩公主还想发火，可她已经饿得没了力气。"我去集市上买了一件假外套穿在身上，这样让公主看上去顺眼一点。"

"噢，波斯猫，只有你才是我最忠实的奴仆，一直没离开我。知道吗，我的两位钦差大臣昨天夜晚开飞机逃走了。"

"开飞机逃走了？"波斯猫愣了半天，忽然放声大哭起来。

嘟哩公主说："可怜的波斯猫，不要为我难过，有你在这儿，谁稀罕他们！"

波斯猫忽然止住哭声，扔掉假外套，蹦上梳妆台，放声大笑。

"波斯猫，你你你怎么啦？"嘟哩公主大惊失色。

"我要去寻找自由，在这个宫殿里，我从来都没尝过自由的滋味。自由万岁！"

波斯猫振臂高呼一声，跳下梳妆台，冲出王宫，扬长而去。

奶油王宫死一般寂静。

没有仆人伺候，嘟哩公主才不要从床上爬起来呢，她不会穿衣服，不会做饭给自己吃，起来又有什么意思呢？嘟哩公主索性又闭上眼睛睡着了。

几天过去了，几年过去了，白色宫殿长满了荒草，布满了荆棘，嘟哩公主一直睡在宫殿里。

不信你就进去看看，不过，你想走进白色奶油宫殿，得找一把利斧，劈三天三夜荆棘，砍三天三夜荒草才行。

小螃蟹的半个贝壳

在一片金色的细软的沙滩上，两排小龙虾在练拳击，已经练两个星期了。那个头部红得很厉害的龙虾，是他们的队长红头顶。

红头顶队长要把小龙虾们训练成最棒的沙滩护卫队员。

两只美丽的蓝色蜻蜓，停在青黑色的礁石上，瞪大眼睛盯着，想弄明白这些龙虾到底在干什么。

"嗨！嗨嗨！"小龙虾队员们喊声一致，拳头的碰击声也一致。

"好，很好啦！"红头顶龙虾队长满意地捻了个响指，"嚓！"

队伍里一阵骚动，大家都想学会捻响指这一招。

"好啦，现在，我们来学独一无二的钳子功！"红头顶队长宣布。

这时，有一名龙虾队员走了神，眼睛总是往红头顶队长的身后瞅。跟着，所有队员的眼睛都被吸引了过去。

"嗯?!"

红头顶队长不快地转过头去，正好跟一双眼睛碰上了，是寄居蟹妈妈。

"嗨!"显然,寄居蟹妈妈吓了一跳,她倒吸了一口凉气,眼睛瞪圆了。

"哈哈,瞧你吓的,大婶。你在我身后站多久了?对拳击感兴趣吗?"红头顶队长盯着寄居蟹大婶苍白的脸问。

寄居蟹大婶慌忙摇头,说:"我行动不便哪,呵呵!"

不光是不便,寄居蟹大婶那脆弱的胳膊,怕是用力一伸,就会折断。

"那你找我有什么事啊?"红头顶队长一张红脸笑眯眯的。

寄居蟹妈妈有点紧张地说:"是有点事儿。我的孩子小白,现在还没有找到寄居的螺壳,他很危险啊!你能帮我找螺壳吗?"

红头顶队长爽快地说:"没问题,我们可以帮你。我们沙滩护卫队就是专门为别人服务的。不过,你为什么不把你的儿子送来学拳击呢,可以保护自己的呀,我还会教给他钳子功。你看看我的队员们,他们多有力气呀,他们将来不但能保护自己,还能保护别人呢。队员们,练一套拳给大婶瞧瞧!"

一声令下,龙虾队员们生龙活虎,挥起拳来呼呼带风,喊声震得沙滩上的沙子都滚动起来,礁石上的蜻蜓飞到更高的石头上了。

干净,利落,威风十足。

练完了,红头顶队长得意地回头问寄居蟹大婶:"大婶，怎么样?"

可是，寄居蟹大婶早没影儿了。

红头顶队长叹了一口气说："没见过这样的妈妈，非让儿子拖着螺壳过一生。真没办法！队员们，我们去给大婶的儿子找螺壳去!"

"是!"大家应了一声，呼啦一下潜到水里，四处寻找起来。

再说寄居蟹大婶，怕莽撞的龙虾队员踢脚弄拳的碰坏她的螺壳，对拜托红头顶队长找螺壳的事，也不抱希望了，趁他不注意，悄悄回到水里，继续寻找螺壳。她在水里东摸摸，西摸摸，还是放心不下她的宝贝儿子，早早地回去了。

在一个幽暗的石缝前，寄居蟹大婶左看看，右瞧瞧，笃定四周没有危险分子，才轻轻地敲了敲长苔藓的石头，听见里面有回应了，她才说："小白，出来吧!"

小白出来了。小白个头小小的，全身白得透明。寄居蟹大婶叫他小白，没有叫错哩。那是因为长期待在黑暗的地方，照不到阳光的结果。看上去小白的身子弱极了。

"噢，宝贝，真对不起，我还没有为你找到螺壳。妈妈不在的时候，有没有可疑的家伙来过呀?"寄居蟹大婶怜爱地问。

寄居蟹大婶很谨慎，一旦有可疑的家伙出现，她会带着小白马上"搬家"。

"没有啊，妈妈，只是我一个人在家感到好孤单。"小白朝妈妈依偎过去。

"孤单有什么可怕，只要安全。等我给你找到合适的螺壳，你就能跟妈妈一块出门了。啊，忘了告诉你一件可怕的事，今天呀，我看见红头顶叔叔领着一群虾孩子，在练拳呢。"

"练拳？为什么要练拳呢？"小白好奇地问。

"打架，练拳就是为了跟别人打架呗。又可怕，又危险，我不会让你去做这种傻事的。"寄居蟹大婶严肃地说。

"是因为我的身体很弱吗？"小白问。

"对，孩子，你的身体很弱很弱。你必须要妈妈保护，要一个结实的螺壳来保护。"说着，寄居蟹大婶叹了口气，"今天运气不好，还是没为你找到合适的螺壳。我真想把自己身上的螺壳给你，可是，我的身体已经跟螺壳长在了一起，再说，我天天拖着它走路，螺壳都磨出洞来。"

"洞在这儿哪，妈妈。"小白一下子就找到了螺壳上的洞，那是长期在沙子上拖着磨出来的，一个圆圆的洞眼，不断有水涌进涌出。

"妈妈要为你找一个完好的、最保险的螺壳。"

正说着，忽然，寄居蟹大婶神情紧张起来，"有情况，快藏起来！"

一眨眼的工夫，寄居蟹大婶和小白就消失在石头的夹缝里。

一阵吵嚷声响起，原来是红头顶队长领着他的龙虾队员来了。

小龙虾们个个手里拿着一个螺壳，大的小的，长的短的，青的花的。红头顶队长的手里拿着一个超级螺壳，带着斑点儿。

"寄居蟹大婶，我们来给你送螺壳来了！"红头顶队长高声大喊。

但是没有回声，一点动静也没有。

"咦，明明记得是这个地方嘛，难道大婶又搬家啦？也不知道小白长多大了，我这个螺壳够不够大呢？小孩子应该带他出来玩，怎么老是把他藏起来呢。来，我们一起来喊大婶，让她快点出来吧。"

红头顶队长带头，队员们一齐喊道："大婶，小白，快出来呀！"

深深的石头缝里，寄居蟹大婶一手捂着自己的嘴巴，一手捂住小白的嘴巴，小白想探头看看，被她用力制止了。

喊了半天，寄居蟹大婶的影子也没出现。

"不知道跑到哪里去了。队员们，把螺壳全放在这儿吧，他们回来就会发现的。我们该去练钳子功啦！"红头顶队长先把斑点螺壳放下。

在斑点螺壳的四周整齐地摆放着各种各样的螺壳。

送螺壳的队伍撤离了。

等外面完全安静下来之后，寄居蟹大婶悄悄地从石头缝里探出脑袋来，确信没有人之后，她才向小白招招手。

当小白看见这么多的螺壳时，惊叫不已："妈妈，好多螺壳啊！"

寄居蟹大婶伸手拦住小白，她要自己先动手检查一下，以防螺壳里藏有可怕的危险物。

"太大了！"寄居蟹大婶把一个螺壳扔到身后。

"太小了！"

又一个扔掉了。

"妈妈，这个好漂亮！"小白很喜欢那个花螺壳。

"太花哨会招来坏蛋的，不安全。"

花的也扔到一边。

"妈妈，这个螺壳后面也有个洞洞，很像你身上的螺壳呀。"小白叫道。

"哼，是个破螺壳，要不得！"

太长的不能要，太短的也不能要。挑来挑去，不能要，全不能要！

各种螺壳歪七扭八地堆在那儿。

"妈妈，没有螺壳，我就得永远躲在石头缝里，没意思。"小白没精神地把头扭向一边。

"忘了这件事吧，跟妈妈回石头缝里，等到找到结实的螺壳，我带你去远方游玩。"

可不管寄居蟹大婶怎样劝慰，小白再也不肯回到石头缝里，他喜欢那些螺壳，想着那些红龙虾队员的模样，更想看看那个声音响亮的红头顶队长，看看他的拳头，看看龙虾队员的钳子功是什么样的。

无奈，寄居蟹大婶只好答应带小白到外面走一趟。

"我们很快就回来啊！"

"紧紧跟着我，一步也不能离开呀！"

"紧急情况要钻进沙子里面去，用力哟！"

……

寄居蟹大婶叮嘱了一大堆，小白嘴里答应着，眼睛在朝四周看。

他们游得很轻很轻，很慢很慢，一点响声都没发出来。第一次出远门，小白高兴得快不能呼吸了。

外面的世界好大，外面的世界好明亮，外面，外面可真好！小白看到很多比他还小的小鱼在自由快乐地游动，哇，真好，他们怎么就不用身上背着螺壳呢！小白伸开手臂，畅快地朝更宽阔的水面游去。

"靠边儿！"

"走暗道儿！"

"到我身边来！"……

寄居蟹大婶提心吊胆，不断提醒小白。

正游着，忽然寄居蟹大婶轻声惊叫："看，这里有半个贝壳！"

"哦?"小白不知道妈妈的用意。

寄居蟹大婶把半个贝壳搬起，盖在小白的背上。

"嗨，妈妈，我什么也看不到了，我被贝壳压住啦！"小白在贝壳里闷闷地叫。

寄居蟹大婶把贝壳搬起来一点儿，啧啧称赞说："瞧啊，这半个贝壳真好，我一眼就看上了。盖得严丝合缝儿，谁也看不见你！"

"可我谁也看不见了。"小白举手想把头上的贝壳推掉。

"别动，以后，这半个贝壳就是你的保护神。来，伸出手来牢牢地抓住贝壳的边沿，记住，不管发生了什么事，都不要松手。记住了吗，我的孩子？"寄居蟹大婶郑重地交代小白。

"嗯。"小白点点头，伸手牢牢地抓住贝壳的边沿。这半个贝壳很厚也很结实，对小白来说是有点分量的，刚开始走的时候，他的身子一摇一晃的，但为了能天天看外面，看明亮的天空，重一点没有关系哟。他走两步，抬起贝壳的边沿看看。又埋头往前走几步，然后再抬起贝壳的边沿，贪婪地看几眼……

寄居蟹大婶看小白好兴奋的样子，想带他去看看红头顶队长带兵练功。

他们母子一个在破螺壳里，一个在半个贝壳下，歪歪扭扭地向沙滩前进。他们行走的样子可真够奇怪的。可能就是因为太奇怪了，所以被一个在沙滩上散步的黑脚板发现了，他弯腰抓起寄居蟹大婶，瞪着两眼朝里看。当他弄明白之后，他拿着寄居蟹大婶大叫着跑向一个白脚丫。

一切发生得太快了，当小白再次翘起半个贝壳时，他已经找不到妈妈了。

小白傻傻地站在那里，脑子里一片空白，整个沙滩失去了声音。

接着，小白用最大的声音叫起来："妈妈！妈妈！"

妈妈没有来，沙滩护卫队的全体队员来了。

大家找了好一会儿，才在半个贝壳底下发现了小白。

小白已经哭得站立不稳，但他牢记妈妈的话，不论发生了什么，都不放手，都要紧紧抓住半个贝壳。所以他趔趔趄趄地抓着他的半个贝壳，哭得昏天黑地。

红头顶队长很快弄明白了是怎么回事，他一挥有力的臂膀，下达了命令。

一半的沙滩护卫队去对付黑脚板和白脚丫，想办法抢回寄居蟹大婶；另一半护卫队留下保护小白。

虽然沙滩护卫队击伤了黑脚板和白脚丫，但没能救回寄居蟹大婶。

红头顶队长很难过，所有的沙滩护卫队员都很难过。

一整天，小白难过得什么都吃不下；一整夜，小白害怕得都没合过眼。

可是，小白得吃东西，得睡觉，因为他得有力气举起他的半个贝壳。

红头顶队长邀请小白参加沙滩护卫队，教他本领。小白直摇头，因为他腾不出手来学打拳，他的手得轮流举着重重的贝壳。小白忘不了妈妈把半个贝壳放在他背上时说的话。

不过，小白还是很羡慕龙虾护卫队员，没事的时候，他就在旁边看他们练功。

沙沙沙！小白举着半个贝壳，从沙滩护卫队前走过来。

沙沙沙！小白举着半个贝壳，从沙滩护卫队前走过去。

嚓嚓嚓！在梦里，小白像龙虾队员一样，挥起了拳头。

奇异的蓝碎花布袋

小时候的愿望，长大后的确是能实现的。

力小时的愿望是，在荒僻的马路边开一家茶食店。

力有这个想法，是有原因的。

还是孩子的时候，父亲带力去城里买雨布，是为邻家长辈爷爷办丧事，搭临时待客用的雨篷。

父亲开着辆旧的四轮车，力坐在车斗里的马扎上，望着路两边高大的白杨树一棵接一棵地后退，后退，心里不知有多高兴，他还是第一次去城里。这条公路上的车辆并不多，小轿车开过去的时候，"嗖"的一声，把他们甩得远远的。偶尔他们也能超过一两辆路边的自行车，力就高兴地站起来欢呼。没想到，车开到半道上，天一下子阴沉下来。接着哗啦啦地下起了大雨。幸好父亲早有准备，在车斗里放好了一把油布伞给力撑着，自己用透明的塑料袋子往身上一披，继续开车。雨打在伞上，发出连续不断的声音——啪啪啪啪，雨水淌下来打湿了力的脚。力心烦起来，他打小就不爱穿湿鞋子，可是两只脚放在哪里都不行，雨点密密的专往他鞋上打。

更糟糕的是，四轮车熄火了。是没有机油了。力只好跳下车斗，跟父亲一边一个推车艰难前行。离城还远着呢，但雨越下越大。一路推一路走，浑身湿透，好冷。路上竟连一辆跑的车也没有了，路两边绿色的玉米地，笼罩在大雨的烟雾里，不断产生幻景，吓得力不敢抬头。就在父子俩再没有力气推车的时候，忽然，路边出现了一家小小的茶食店。父子俩扔下四轮车，一头钻了进去。

喝了店主人驼背爷爷倒的热茶，每人吃了一个烫手的茶蛋，身上一下子暖和起来。力当时盯着驼背爷爷看，认为他就是父亲常常在故事里说的救人于危难之中的神仙。

就是从那一天起，力下定决心，长大后要在这样的公路边开一家一模一样的茶食店。

现在，力如愿以偿了。

力的茶食店是用红砖砌成的，里面放着两张床，一张自己睡，另一张是给夜晚来住宿的客人备的，比当年那位驼背爷爷的房间大，用具也高档得多。茶也有，茶蛋也有，还有饼干，碗面，成箱的矿泉水也有。红泥的煤炉子一天到晚燃着火，一壶接一壶地烧开水。房子就建在岔路口的歪脖子大榆树下，紧临马路。力还特意用一根长竹竿拴一块红布幌，用黑字大大地写着"茶"，伸到马路的杨树下，让过往的人都看得见。至于当年那位驼背爷爷开的茶食店，早已不知去向。

但生意一直是清淡的，毕竟是开在荒僻的马路边，离镇也远，离城也远。路过的人们能坚持到城里的就到城里去消费了。常常地，力坐在榆树下的木桌前，寂寞地打瞌睡。生意做着做着，竟一天不如一天了。

"要不要再开下去呢？"

力一遍遍地问自己。要是能帮助一个和自己当年一样落难的人，就算不开了，也甘心啊。

茶食店没有马上关门，跟力心中的这个愿望有关。

后来，力手里的资金都不够小店的周转了。

"小店要关门了。看来小时候的愿望要破灭了。"

哪一天关门呢？

力先是把伸到马路上的红布幌取了下来，头天夜晚刮大风，竹竿的一头刮掉了，他摘了另一头，随意别在窗户的木格子里。

没想到就在那天夜晚，下起大雨来，雨大得像要把茶食店吞没似的。

"希望有一个落难的人被我救了啊。"

力对雨天有一种特殊的企盼，总想在雨天圆他的梦。

半夜里，果然有咚咚咚的敲门声。开始力以为是自己的幻觉，后来敲门声越来越响，他才一跃而起，点灯开门。

一个水淋淋的老人闯进屋里来，白头发和白胡子上的水都在往下滴。

"小伙子，开店睡觉耳朵要留一只醒着哇，差点没把老汉我冻死。"老汉埋怨说。

力赶紧递过毛巾给老汉，帮他脱去湿衣服，拧干晾在衣架上。力一边做一边心里很满足，到底给等到了，招待了这位老人，就是明天关门另谋生路也没什么可遗憾的了。他先倒了一杯热腾腾的红茶，然后泡了盒碗面，里面放了一只煮得身上都是茶色花纹的茶蛋，老人吃得热乎乎的。

"有蒜没有，来一瓣！"老人兴致很高，像在吃美味大餐。

"有有，是我自己地里种的，都是独头蒜，辣得可够厉害。"力将一把干干净净的独头蒜放在桌子上。

老人很在行地剥着白里泛紫的蒜皮，光光洁洁的蒜头被他咔嚓咬去一半，他嚼着，高兴地说："好蒜！"

那晚，老人睡在专为客人准备的木床上，跟力拉话儿。老人一遍又一遍地夸力的小食店有多么好，收拾得又干净又利索。要是有一个姑娘来陪伴，那更是锦上添花了。

力说："不要说姑娘了，就是连这店也开不下去了。我想招待完你，明天就关门。"

"为什么？"老人本来是半躺着的，听力这么一说，猛地坐了起来。

力就跟他说了小店经营的情况，老人仔细听着，他不像力那么悲观。他说："再等等，是个好地方啊，会有转机的。听我的，千万不要关门啊！"

说完，老汉说明天起早要赶路，就躺下睡了。

力呢，想着老汉的话，矛盾了一夜。

一大早，力给老汉准备了些吃的让他带着上路了。

"小店千万不要关啊！"

临走，老汉还说了这样一句话。

力嘴上答应着，心里在想，我拿什么把这小店再开下去呢？

回到小店里，力才发现，老汉的蓝碎花布袋忘在了桌上。他抓起布袋就往外跑，老汉已经走出好远了。

"老爷爷，等一等，你的布袋！"

老汉一路疾走，头也不回地挥挥手，大声说："送给你的，收下吧！"

力本来想快步追上去的，但听老汉这么一说，他停下脚步，是不值钱的旧布袋，用过好多年的样子。这是老汉的心意，执意送回去，反而辜负了他的一番好意。

力转回店来，坐在桌前，随意翻了翻那个蓝碎花布袋。这是个双层的袋子，袋口用布条儿束着，猜想可能是家里老奶奶自己缝的东西吧，摸一摸，里面还有一小团东西。伸手拿出来，是一小团纸，纸里包着一撮细烟丝。这才想起老汉是抽烟斗的。再摸摸就没有别的东西了。不，还有，哈哈，在袋底的里层有一个两个指头大的漏洞，像是长期在里面掏摸东西脱线了。力的手指在漏洞里无意识地摸索着，没想指尖碰到了一个圆圆的东西。

"不会是硬币吧？"

拿出来一看，果然是枚一圆的硬币，亮闪闪的。哎

呀，是什么时候漏进去的，老汉怕一点也不知道吧？不要再有了，人家只说是送袋子，可没说送钱啊。力在袋子外面，用手一点一点地捏着，哦，没了，只剩两层布。家里那位老奶奶呀，怕也没发现这个漏洞吧，不然随手就缝上了。力想着，手指不由自主地又伸进洞里，让他惊讶的是，他的手指又碰到了一枚硬币。掏出来一看，又是一枚亮闪闪的一圆硬币。

"不会吧？刚才仔细捏过的，这么薄的袋子，怎么会……"

再用手捏一捏，仍是薄薄的两层布，应该再也不会有什么硬币了。

可是手伸进去，天哪，又有一枚一圆硬币！

力急了，拎起蓝碎花布袋子往下倒，什么也没倒出来。

可是，手只要伸进漏洞里，就有硬币可以拿出来。

一会儿，桌子上堆了一堆硬币。抓起来再一枚一枚地丢，叮当作响。是梦也该醒了！

力跑到茶食店外面大口吸气，看见马路上有人摇着自行车铃铛骑过去。是醒着的呀，哪里是梦啊！

蓦地，力想起老汉反复交代过的话：一定要把茶食店开下去呀！

"分明是那个老汉有意要帮我呀！是个神仙爷爷，没错！"

不久，力的茶食店忽然有了很大的转机。

在马路对面不远的地方，有了一所小学校，茶食店里开始有一群群的孩子来买小零食和学习用品了。

茶食店一下子热闹起来。

东西也比原来多出几倍来，隔几天，力就得去城里进货，满足小学校里孩子们的不同需求。

力的生活忙碌起来，心情也格外开朗。

有人给力介绍了一个姑娘，他们就在茶食店里结婚，过起日子来。

姑娘是个能干的人，有了她，能吃上可口的饭菜了，力进城进货时，茶食店也可以照常开门营业。

力跟新媳妇很恩爱，房后的菜畦也开得更大了。

但是，只有一件事，力从没向新媳妇提起，就是那个蓝碎花布袋的事。小店艰难的时候，是靠着蓝碎花布袋里的硬币坚持下来的。如今小店的生意红火，力从没再想从袋子的漏洞里取钱，袋子呢，力把它折好，藏在竹箱子的底层。

金黄色油菜花开的春天，新媳妇生了一个女孩儿，脸儿跟七月的白莲花一样，细细软软的头发在头顶打着小小的卷儿，力不知道有多喜欢这个孩子。茶食店的房子又多出一间来，是留给小女孩的，待她长大后，写字啊，睡觉啊，都会在那里面。

女孩渐渐长大，十分讨人喜欢，嘴巴又乖巧，惹得前面小学校里小学生有事没事总爱来茶食店逗女孩玩儿。

那些在附近干活的农人，也会绕道来这儿听孩子们吵闹，喝杯茶，凉快凉快。那棵歪脖子的大榆树下是凉爽的，是平时孩子们坐下来玩抓石子的地方，还有的坐在那儿吃他们买来的小零食，白白的泥地，被孩子们踩得光光滑滑。这树下也是力女儿的乐园，那些大哥哥大姐姐们走了之后，地上总残留着食物的渣屑，蚂蚁成行地爬过来衔食，女孩就蹲下来看那些蚂蚁，一看就是半天，边看边笑。

是夏日的一个黄昏吧，力从城里进了一批凉帽回来，第一眼看见女儿跑过来，一时竟愣在那里不会动了。女儿身上穿的那件肚兜儿，好眼熟啊，蓝碎花的细布，衬着女儿那盈盈的笑脸。

"千万可别是……"

力扔下凉帽就去翻那个竹箱子，放在箱底的那个蓝碎花布袋，没有了。力的手一时垂在箱沿上不会动了。

妻子抱着女儿进门来，笑眯眯地说："看，我从箱底找到一个没用的布袋，蓝碎花真好看，清清凉凉的，我就拿来给女儿做了肚兜儿，女儿好喜欢噢！"

女儿正歪着头对力笑，力伸手抱过女儿，放在腿上。

妻子忙着去收拾刚买回来的凉帽，找出两顶不同颜色的摆在小小的橱窗里。

力仔细地看着那蓝碎花布肚兜儿，已被妻子洗过，干干净净的，映着女儿的笑脸。

"这是个有漏洞的袋子呀，是能掏出钱来的袋子，是帮茶食店渡过难关的袋子，不该……"力惋惜着。

　　"爸爸，你看！"

　　忽然女儿从肚兜儿里掏出一粒青色的小石子来，那小石子里像是汪着水，清亮亮的，还带着水的波纹。

　　"真好看！"力忍不住把石子托在手里称赞。

　　"哪来的？"力问。

　　女儿笑眯眯的，又从肚兜儿的口袋里掏出一粒石子，是一颗洁白如玉的石子。女儿伸出右手，右手里也紧捏着三颗美丽多彩的石子。

　　"莫非……"力疑惑地捏了捏肚兜的口袋，什么也没有，肚兜就是用蓝碎花袋子改成的，是薄薄的两层。他的手轻轻地往肚兜儿的口袋里一伸，啊，那个漏洞还在，妻子在做肚兜时，没有发现这个漏洞。他的手指触碰到了凉凉的东西，拿出来一看，已不是闪闪发亮的硬币，而成了一颗豆绿色的小石子。

　　"大概是洗过的缘故吧，还是……"

　　女儿欢天喜地地捧着可爱的石子到老榆树下，学着大姐姐们的样子抓起石子来。

　　女儿的石子成了孩子们眼中的宝，谁也没见过这么好看的石子。那些石子给女儿带来了很多的快乐。

　　力却隐隐地有些疑虑，蓝碎花布袋跟他的茶食店有着生死存亡的关系，如今它完全改变了模样，才红火的茶食店的生意会不会受到影响呢？

渐渐地，女儿也懂得了这小小肚兜儿的神奇，她一个人的时候，就坐在榆树下的桌子前掏石子玩。

毕竟孩子太小，肚兜反反复复地掏，有一天她的小手一用力，竟把那个漏洞掏穿了，白白胖胖的手指从洞里伸了出来。妈妈发现后，重新把那个洞结结实实地缝好。

漏洞没有了。

从蓝碎花肚兜里再也掏不出东西来，这让女儿大惑不解。

第二年，蓝碎花的肚兜已太小不能穿了，女儿长高了嘛。

力悄悄把晾干的肚兜儿折好，收进竹箱的底层，把那个压在心底的秘密也收了进去。他轻轻地说："我会好好经营茶食店的，不会关门，我会尽全力的。"

啪嗒！

竹箱子严严地合上了。

那天，力买回来一大丛嫩绿的水仙，养在白瓷钵里。女儿呢，一粒一粒，把她积攒的彩色石子放在清水里，美得像幅画。

水仙开花了，又白又香。奇的是，那花开了一回又一回，怎么都开不败。

水仙花就放在榆树下木桌子的正中央，客人们来喝茶时，都要对着它凝视许久。水仙钵里每天都换上清水，全是小女儿在做这件事，别人她不许碰的。

没有客人的时候，力会坐在桌前，看着水仙花，看着水灵灵的小石子，想从前的事，想那个风雨夜，想那个老汉，想有漏洞的蓝碎花布袋……

那时，女儿就在一边高兴地笑，哦，爸爸那么喜欢我养的水仙哟！

力的茶食店一直红红火火地开着。

雪地里的胭脂熊

一只毛茸茸的、烤面包颜色的熊就要诞生了，就差耳朵边那一条小口子要缝上。长辫子女孩正用一只胖乎乎的、粗糙的手缝着那条小口子，针脚是细细的，密密的。

"熊啊，这下你就暖和了，你有最暖和的棉花，最新的毛，要是夜里我能抱着你睡觉，我一定很快就能睡着。"长辫子女孩在说话。

"这有什么难，你晚上睡觉就抱着我睡吧。要不，我抱着你睡，我是你做出来的熊啊。不用再缝了，我耳朵上的线也够密了吧？"熊心里想。

熊想扭头看看长辫子女孩，长辫子女孩叹了一口气，没想针一歪，刺破了手指头，一颗红珍珠般的血滴冒出来，滴落在熊的脸上。长辫子姑娘急忙去擦，红珍珠在熊的脸上洇开来。看上去像是擦了胭脂。

又一颗红珍珠跳上长辫子女孩的指尖。

"要是胭脂的话也不能只涂一边，这边也来点吧。"

这下，熊的两颊都成了粉红色。

"啊，你成了胭脂熊，多漂亮呀！"

长辫子女孩兴奋地叫着，顾不上包扎她的手指头。

胭脂熊真的好漂亮，他在笑，样子快乐而害羞。

"你真迷人，我不想让你走！"长辫子女孩拥抱着胭脂熊。

胭脂熊幸福地笑着，"傻女孩，我就是你的熊，你为什么要这样难过呢？"

胭脂熊感到有两行热乎乎的泪在他身上流淌。

突然，胭脂熊被一只冰凉的大手抓起来，扯离了长辫子女孩的怀抱。

长辫子女孩抬起头，胭脂熊抓在老板的手里，胭脂熊伸着两只手，急切地想请女孩抱回去，他的耳朵被扯得生疼。但是长辫子女孩没有动，她跪在地上，嘴里喃喃地说："胭脂熊，等我挣到钱，就去把你买回来！"

在长辫子女孩旁边还有一群女孩，她们都在用心做着绒毛熊玩具，这时，她们都抬头看着长辫子女孩，看着远去的胭脂熊。

胭脂熊被扔进一堆做好的绒毛熊玩具里。

周围的熊全是他的兄弟姐妹，长得一模一样，只有他的脸与众不同。

"涂点胭脂是不是好卖一点儿呀？"一个声音很老气的绒毛熊瞥了胭脂熊一眼，问道。

"我也不知道。难道我们都要被卖掉？我不属于那个给我缝耳朵的长辫子女孩吗？"胭脂熊问。

"当然得被卖掉。属于谁，你不知道，我不知道，大家都不知道。反正，你不属于长辫子女孩。唉，看来，你什么都不知道，我可是看得多了。"老气的熊说。

"不知道。"

"不知道。"

"不知道呀不知道！"

……

那些待在熊堆里的玩具熊嘟嘟囔囔说个不停，胭脂熊听不下去，堵住了自己的耳朵。

这时，几个人向玩具熊们走了过来。

胭脂熊的耳朵再次被拎起，幸亏自己的耳朵缝得密，不然，耳朵就被拧掉了。长辫子女孩真聪明！胭脂熊一摇一晃地想着。

胭脂熊被带到一个嘈杂的酒吧，在黑暗的箱子里待了很久，才被拿出来，放在舞台上的一张桌子上，和别的礼品摆在一起，等待拍卖。

跟胭脂熊摆在一起的有鬼面具，一束花，还有一个充气的橡皮鸭。橡皮鸭自从上了这张桌子，眼睛都没抬一下。

"哎，你愿意自己被卖给谁？"胭脂熊问。

橡皮鸭垂着眼皮，斜了胭脂熊一眼，冷冷地说："这可由不得我们做主，谁出的价钱高，我们就是谁的。我已经在这儿待了六个晚上了，没人要我，这些人喝冰啤酒喝得太多，变得很冷血。"

"你说，长辫子女孩会不会买走我？"胭脂熊兴奋地问道。

"长辫子女孩是谁?"橡皮鸭疑惑地打量了胭脂熊一眼。

胭脂熊跟橡皮鸭说了,还说长辫子女孩有多么喜欢他。

"你没戏了。那个长辫子女孩不会到这个地方来,也许这会儿她正在做另外一只熊呢。不过,你别担心,你会比我好卖,你长得还挺精神的。"橡皮鸭宽慰胭脂熊。

如果不是长辫子女孩买去,胭脂熊情愿在这儿陪橡皮鸭。

酒吧里的拍卖节目马上就要开始了,橡皮鸭干脆闭上了眼睛。

胭脂熊看着楼上那一群喝啤酒的人,那群人正对着这边怪笑着。

他们喝了许多酒,桌子上堆满了漂亮的空酒瓶子,桌子底下也堆满了,只要脚一动,瓶子就会在脚边叮当作响。他们哇啦哇啦说话,还点火抽烟。他们喝了那么多酒,舌头都被酒精浸透了。如果点火时点着了舌头,舌头会变成一根蜡烛燃烧的。这很有可能。瞧啊,他们点火的手没有一次准确地点到烟卷上,那个瘦长脸的人,还把他的八字胡烧去了一半呢。

这时,主持人开始拍卖了,他首先举起了橡皮鸭,下边的人一阵笑,没有人开价,喊了几遍,仍没人吭声,有人在下边起哄,让橡皮鸭下去。这时,主持人忽然手一扬把橡皮鸭扔了出去。

"今天,这只橡皮鸭白送给幸运的客人了!"

橡皮鸭在空中翻滚着,重重地落下去,没想到正落在一支烟头上,"哧"的一下,橡皮鸭缩成了一团。

台下一片笑声。

胭脂熊吓得全身都冷了。他发着抖,被主持人抓了起来。

主持人个头很高,把胭脂熊举得更高,他想让坐在楼上包厢里的人,也看得清清楚楚。

胭脂熊被高高举起的时候,两只黑眼睛有点吃惊,又有点好奇地望着酒吧里的人。如果没有人买他,他就会被用力一扔,扔到后台黑暗的角落里。胭脂熊想装出一个很讨好人的表情,但他太紧张,根本装不出来。

"看啊,那大个子熊一脸傻相,一看就是个没见过世面的家伙。真好笑,我要买下他!"那个被烧掉半撇胡子的家伙怪笑着说。

可是,楼下有一个喝得更多的人已经先叫起价来。

半撇胡子马上喊出高出两倍的价。

第一次喊价的人又喊出高三倍的价。

半撇胡子恼恨地一跃而起,喊出高出六倍的价。

第一次喊价的人没了声音,因为他睡着了。

"嗨!你怎么不叫了,我在等着呢!"半撇胡子急得一掀桌子,哗啦!一堆酒瓶子全倒了下去。他想跟那个人比比,到底是谁的钱多。

可是，回答他的，是一连串的呼噜声。酒吧里的人们发出一阵哄笑。

"哼，没钱就装睡，真衰！"半撇胡子举起他胀鼓鼓的钱包，"胭脂熊是我的啦！"

下边响起好多笑声和掌声，还有无数羡慕的眼光向这边投来，半撇胡子很满足地咧开嘴露出两排被烟熏黑的牙。

这样，胭脂熊就成了半撇胡子的玩具。喝醉的半撇胡子被一群酒鬼送回家，当然还有花高价竞买来的胭脂熊。

第二天早晨，半撇胡子起床才仔细看胭脂熊，他一个劲地挑剔。

咦，多么廉价的熊啊！他浑身上下土里土气的，他的身体太大了，毛也太多了，眼睛呢，眼睛太亮了，是啊，作为一只熊，他的眼睛也太亮了点儿。他的模样压根不配自己花这么多钱，半撇胡子嫌弃地抓起胭脂熊，随手一扔，就再也不想看见他了。"啪啪！"半撇胡子拍打拍打手，好像胭脂熊身上有很多灰尘，沾得他满手都是。

胭脂熊被扔在大大的松软的沙发背后，掉进黑暗的夹缝里。

半撇胡子有太多华丽而又名贵的玩具，个个都洋气十足。这样的玩具才和他漂亮的洋房相配嘛。

"唉!"

胭脂熊在沙发背后,用谁也听不见的声音,轻轻地叹了一口气。

"我从一个黑暗来到另一个黑暗!"

你知道胭脂熊眼睛亮的原因了吗?那是因为他天天待在黑暗里,太渴望光明的缘故啊!而这一次,他被倒栽葱扔在沙发空隙,连腰都难以直起来。半撇胡子看电视时,使劲往后一靠,胭脂熊感觉自己的腰都快被挤断了。

"我要待到什么时候呢?"胭脂熊倒立在黑暗里,默想着。

好像没让胭脂熊等太久,光明就来了。

半撇胡子因为跟人赌博,输掉了一切。

半撇胡子没了钱,他所喜欢的东西都成了别人的。漂亮的房子,气派的车,迷人的玩具……全没了,屋子里的东西全被人拉走廉价卖掉。

这天夜晚,半撇胡子迈着沉重的步子,来到空荡荡的房子里,他是专门来跟他的房子告别的。因为明天,这房子就将成为别人的。

半撇胡子坐在空空的屋子里哭了,他舍不得丢下拥有的一切。他后悔自己的荒唐,不愿意在那张他写的字据上签字,他被人痛打,浑身伤痕累累。这天晚上,他流的泪比原来所有的欢笑加起来都要多得多。

"我半撇胡子没钱了。不只是钱没有了，什么都没有了，我活着还有什么意思呢！"半撇胡子绝望地抓着自己的头发，哭得撕心裂肺。空房子扩大了他的哭声，显得更加凄惨。

"完啦，我什么都没有啦！"半撇胡子一遍又一遍地哭诉。

"你不是什么都没有，还有我呢。"

忽然，空屋子里响起一个低低的、温和的声音。

这是——

半撇胡子泪眼蒙眬中看见了一件东西，他再眨眨眼，哦，看清了，是那只土里土气的胭脂熊啊！

"你，你怎么还在这里？"半撇胡子哽咽着问。

胭脂熊愉快地说："没人要我。"

半撇胡子简直想笑了，一个没人要的熊，语气竟然是快活的。

"你这个傻瓜！"半撇胡子拧了拧他的鼻子。

"你的腰怎么弯了？"半撇胡子打量着胭脂熊弓得厉害的腰问。

胭脂熊揉了揉他的背说："可能是在沙发后面挤的，嘿嘿，我的个子太大了嘛。"

"这么说，你腰很痛吧？"半撇胡子难过地问，这都是他造成的啊。

胭脂熊看着浑身是伤的半撇胡子，自己只是害腰痛，而他全身都很痛的吧。所以他笑笑，没说话。

半撇胡子抱着胭脂熊哭了。其实，更痛的是他的心。

"你不要哭啊。等明天，你带我到外面去游玩好吗？我在外面走走路，腰也许就会直起来。"

半撇胡子忍住泪说："好啊，你想去哪里，我一定满足你。"

"到哪里呢？凡是明亮的地方我都喜欢，你带我到明亮的地方吧。"说到明亮的地方，胭脂熊的眼睛亮得都像星星了。

"好的好的，我带你去，我带你去明亮的地方。"半撇胡子郑重地点点头。

但是，半撇胡子并没有实现他的诺言，早晨，他扔下胭脂熊，独自走了。

新住户来清理屋子，胭脂熊被扔出屋外。

外面很亮，但很冷。

夜晚，天下起了雪。

一片一片，雪落在胭脂熊的鼻子上，身上。胭脂熊静静地仰望天空，天空里全是飘舞的雪花，密密的，像全都要集中到他的身上来。

街上的人来来去去，没有人注意到他，他的身上有了一层厚厚的雪，他变成了一只雪熊。

"妈妈，这只熊好冷，我的围巾给他戴吧。"

一个小女孩取下了自己的围巾系在胭脂熊的脖子上。

有的人脚步稍作停留，看看胭脂熊，有的只是目光作短暂的停留。很多人看不到胭脂熊。他们以为那只是

一只雪堆起来的熊，是哪个孩子的作品。

胭脂熊站着，顶着越来越多的雪。

他的身体感觉不到冷，他的胸口却一直凉下去。

"这个地方的棉花太少了吧？"胭脂熊心里想。

其实那个地方正是胭脂熊的心。

咯吱咯吱！

胭脂熊听了一天的踏雪声。

咯吱！

忽然，一阵脚步声在他身边戛然而止。

"胭脂熊？你怎么在这儿？"

好熟悉的声音。

啊，是长辫子女孩！

她伸出手，一下子抱起了胭脂熊，连雪带胭脂熊一块抱了起来，雪一团一团地从胭脂熊身上掉下去。

"我一直都在找你，你怎么站在这儿呢？你也在找我吗？"长辫子女孩举起胭脂熊，她看到了胭脂熊那张粉红的脸。

"看，我攒够了钱，我要带你回家！"长辫子女孩举起一卷钱给胭脂熊看。

"喂，这是谁的熊？谁的？"长辫子女孩朝周围大声叫着。

没有人回答，风雪更大了。

长辫子女孩把钱放在胭脂熊刚才站过的地方，用力捏了一个雪球，压在钱上。

"好啦，我们可以回家啦，我的胭脂熊。"

长辫子女孩紧紧地抱着胭脂熊，迈开大步，朝家里走去。

风吹动着雪球下的钱角，钱角随风翻动着。

胭脂熊的身上暖起来，胸口冰冷的地方暖起来。有两行暖暖的泪从胭脂熊的脸上划过。

胭脂熊幸福地眨了一下眼睛，紧贴着长辫子女孩的头发。

胭脂熊和长辫子女孩消失在漫天飞舞的雪花里。

黑猫鼓包和扫把疙瘩

一

巫婆和她的黑猫鼓包、扫把疙瘩从没分开过，哪怕是在梦里。

可是，巫婆也不会未卜先知，她没想到有一天会跟鼓包、疙瘩分手。

那天，刮着小风，巫婆骑在扫把疙瘩上打着盹。黑猫鼓包呢，蹲在扫把头，把着方向，还不断地跟疙瘩说话，因为瞌睡是会传染的。假如大家都睡着了，一个巫婆的扫把跟另一个巫婆的扫把撞个正着，发生了空难，大家都会从高空掉到地上。当然，谁也摔不死。不过，巫婆的脾气都坏得出奇，她们一定要疯狂地互相抓呀抓，巫婆的黑猫跟黑猫呢，也要抓啊抓，巫婆的扫把呢，当然也纠缠成一团，惨不忍睹。后来，大家都受伤了，各自一瘸一拐地回家养伤。养伤的日子，什么也不能干，只能晒晒太阳，养伤养伤养伤，无聊透顶。

好在有鼓包喵喵喵地唠叨着，什么事也没发生。喔，谁说没有发生事情，下面好像有事情发生呢。

目光往下看，在种满豌豆的小径上，一个小女孩正悲凄地哭泣着。那里，紫色和粉色的豌豆花正在盛开，一只，两只，豌豆花上飞着比豌豆花大不了多少的蝴蝶。在小女孩的头上，有一只不会飞的白色蝴蝶。小女孩刚刚失去奶奶，她在这里已经哭了很久，嗓子沙哑。

巫婆一听见女孩的哭声，马上下令全速下降，她长着长指甲的手，拍得疙瘩生疼。

"快下去，我要看看发生了什么事！"巫婆总有一颗永不减弱的好奇心。

疙瘩一加速，鼓包就赶快转过头来。最近，他的眼睛迎风流泪，风速一大，感觉两颗眼球都要飞出去了。他从没对巫婆说过，他怕失业，巫婆不喜欢病秧子。

"快快快，你是怎么搞的，疙瘩？你这个家伙，越来越不听指挥了！"巫婆烦得在扫把上坐立不安，几次要自己跳下去。

可是，等巫婆落地后狂跳乱舞地奔到小女孩的面前时，小女孩一见她的样子，顿时晕倒在地。

巫婆凝视着小女孩，惊声尖叫："啊，是一个巫婆的坯子呀，我要收她为徒！"

"可是，她一见你就晕倒了。"疙瘩扫兴地说。

"她长得太漂亮，不是当巫婆的料吧。你仔细考虑过吗？"鼓包问。

"这个……"巫婆很快又改变了主意，"不不不，我有了新主意，我不想再当巫婆了，我要当女孩的奶奶！"

这个主意也太新鲜了！

"你确定吗?"疙瘩急得在豌豆地里乱跳。

"你的相貌不太适合，奶奶应该是慈祥的、和蔼的，你的容貌……我不说你也知道。"鼓包想把话说得婉转一些。

"这太草率了!"

"这是心血来潮!"

"的确是个疯狂的念头!"

"我们怎么办?"

"你要对我们负责任，我们是你的。"

"我们快离开这里吧。"

"走吧，就当什么也没看见。"

……

"住口! 你这两个家伙，我已经做出决定，我要当一个奶奶，一个跟女孩的奶奶一模一样的奶奶。"巫婆一挥长指甲。

"你要改行?"

"太可笑了，当奶奶没当巫婆那么容易。"

"住口住口!"巫婆的声音一下变得冷冰冰的，"你们俩，快走，马上给我离开，我要变成一个奶奶，一个不会任何魔法的奶奶，而且再也不会变回巫婆了! 这就是我的决定。"

鼓包和疙瘩都惊得说不出话来。

"走啊!"巫婆跺着脚，"趁我还没把你们变成普通的豌豆，消失! 给你们五秒钟。一……"

巫婆绝情地背过身去。

黑猫鼓包和扫把疙瘩只好急速消失在不远处的豌豆丛里。

一阵蓝烟过后，巫婆变成了一个矮胖的奶奶，牵着女孩的手，说说笑笑地向村庄走去。

鼓包不知道有多难过，泪水在他眼里转啊转，他浑身都在颤抖。

疙瘩粗糙的手搭在他的背上，轻轻地说："鼓包兄弟啊，你的嘴都变绿了。"

鼓包为了忍住泪，嘴里塞满了绿色的豌豆角。

疙瘩安慰鼓包说："还有我呢，我会一直陪伴着你，连做梦都不离开你。"

"疙瘩!"鼓包抱着疙瘩，把所有的泪都哭了出来。

二

鼓包和疙瘩失业了。

没精神说话，没精神走路，没精神吃饭——根本没有饭吃。

他们饿得没有精神了。

当看见垃圾桶旁边的一个鱼头时，鼓包飞快地用脚踩住鱼头，东张西望。四周并没有一个人，可是，有一双惊讶的目光盯着他，那是疙瘩的。

鼓包没面子极了，脸红得——我没法形容，因为如果一个人的脸太黑，红起来是没办法形容的。

鼓包的脑子反应得还算快，他立刻改了主意，飞起一脚，把鱼头踢到了墙头那边去。

"我的……脚力还可以吧?"鼓包故意装出一副潇洒的样子。

疙瘩吐了一口气，笑了。

但走了一会儿，黑猫就头晕眼花地靠在墙根，无力地说:"疙瘩，你这个笨蛋，刚才你应该把脸背过去。"

"把脸背过去，为什么?"疙瘩糊涂地问。

"我……多想吃那个鱼头啊。"黑猫说。

疙瘩愣住了，半天都不说话，他心里很难过。

谁也没想到会饿肚子，原来，想吃东西，巫婆念一个咒语，可口的食物就堆在眼前，从没有吃完的时候。

"鼓包，我带你回巫婆那里，求她留下我们好吗?"疙瘩问。

鼓包想不出好主意，他不想饿死，只有点点头。

鼓包骑在扫把疙瘩上，但是疙瘩半天没动静。

"疙瘩，你飞啊。"黑猫说。

疙瘩说:"你没念咒语，我飞不动啊。"

念咒语? 这个鼓包可不会。飞行的咒语只有巫婆会念，从没教过他。鼓包丧气地从扫把上跌到一边，他的头歪向一边，好像晕了过去。

这时，疙瘩说了一句让鼓包振作的话。

"鼓包，我闻到了一股面包的香味。"

鼓包像一棵干枯的花苗得到了一壶清凉的水，马上翘起了鼻子，脚也不由自主地朝着香味迈动。

香味是从一家草莓面包屋里飘出来的。一个戴白帽子的胖师傅正把一盘盘新出炉的面包放在柜台上，他的鼻子红红的，那是被好闻的香味熏的。

鼓包的眼睛落在焦黄的面包上，再也不会动，他的手却抬起来，伸向热面包。

"嗨，我的好兄弟，我来掩护你，不然，被发现，你会倒霉的。"

好心的疙瘩探向柜台，向胖师傅打听面包的价钱，作掩护。鼓包呢，顺利地拿到了一块大面包。可笑的是，他拿着面包放在鼻子底下使劲闻，既不吃，也不拿走。

"快走啊，鼓包，你饿昏头啦！"

疙瘩撞了鼓包一下，本想让他快走，没想鼓包打了个趔趄，又把面包重新放到柜台上。胖师傅发现了鼓包的手，他的眼睛瞪圆了。

"我，我太饿了，闻闻面包的味儿，你不会介意吧？"鼓包害羞地说。

胖师傅拿起那块面包一看，有三个黑爪子印。他把黑爪子印面向柜台里放好，这样，顾客就看不见了。

"如果你们再不离开这里，我就介意了。"胖师傅脸上的笑容失踪了。

疙瘩碰碰鼓包，拉着他就走。

"你怎么不拿着面包赶快跑啊？"疙瘩问鼓包。

"那我不就成小偷了吗！"鼓包摇摇头，"我以为面包被弄脏了，胖师傅就会赏给我吃的。那样——"

"就不是偷啦！"疙瘩笑了，"哈哈，黑猫，你可真狡猾！"

"可胖师傅更狡猾。"黑猫甘败下风地说。

疙瘩点头，赞同说："他不但狡猾，还没有同情心。要是我们的主人遇到这种情况，她准把那一柜台的面包都变成石头。"

疙瘩的话音未落，头顶传来一阵熟悉的声音。是一个巫婆骑着扫把飞过，那巫婆看着他们，倏地降低了高度，尖声细气地说："你们的主人呢？她去不去巫婆交易大会，叫上她，快点！"

鼓包跟疙瘩一齐摇头。

巫婆眨眼就飞走了。

这时，鼓包和疙瘩的脑子里同时冒出了一个主意：去巫婆交易大会试试运气！

三

巫婆交易大会非常热闹，颜色是以黑色为主的，黑色是巫婆的最爱。只是今年交易的扫把非同往年，大多数被染了色，大红的大紫的，五颜六色的，也有的漆成黑色，为的是跟巫婆更匹配。巫婆们见面总是想尖叫就尖叫，想大笑就大笑，加上讲价还价的吵闹声，整个交易市场声音刺耳。

疙瘩和鼓包在人群里挤来挤去，鼓包的手里拿着水杯和食物，在巫婆交易市场，吃的东西随便领。鼓包已经比昨天精神多了，他嘴里不停地嚼着。向下看，他的肚子也鼓起一个大鼓包，整个人更像他的名字了。

"鼓包，小心，别胀坏了。"疙瘩提醒道。

"想胀坏我，没那么容易。"鼓包又狠狠地咬了一口手里的馅饼，"我真希望巫婆交易会永远开下去。"

可是，巫婆交易大会只有三天，而且今天是最后一天。他们在路上走了两天，才刚刚赶到不多久。这会儿，他们正挤向会场的南区，那些没有主人的扫把和黑猫在那儿交易。

等他们挤到南区，看到的情景让鼓包和疙瘩都觉得难为情。那些没主人的黑猫，个个肚子都胀鼓鼓的，看样子他们都在外面饱尝了饥饿的滋味。他们站在高高的木台子上，一看见有巫婆走过来，就摆出奇形怪状的姿势，脸上呢，有的哭，有的笑，有的冷峻，有的高傲……更有意思的是，站在舞台边上的一只黑猫，是盲猫，紧闭着眼睛，一副神秘莫测的样子。那些无主的飞天扫把呢，脏兮兮的，尽自己的努力蹦来跳去，显示自己青春年少，精力旺盛，再飞 1000 年也是小意思的样子。巫婆们的爱好刁钻古怪，谁知道她们会喜欢什么样的呢。

疙瘩对鼓包说："别吃了，快抓住机会上台去摆姿势，我给你拿着馅饼。记住，有主人要你，可别抛下我。"

"那还用说。"鼓包抖擞精神，挥挥拳头。

黑猫鼓包兴冲冲跑上舞台，刚站上，正要摆姿势，猛然被那只盲猫撞下舞台，摔了个仰面朝天。

"你——"鼓包指着盲猫正要训斥，只见那盲猫一脸坏笑，欣然睁开眼睛。天哪，他的一双眼睛像超级车灯，上眼皮都睁到脑门子上了。鼓包一时惊得忘了说话，怪不得他要装盲猫，再胆大的巫婆见了他的眼睛也忍不住要做噩梦。

鼓包不死心，又一次冲上舞台，刚摆开四肢，又一次被盲猫踢下来。鼓包也是个犟脾气，不让上，偏要上。就这样，他上去，被挤下来，再上去，再被挤下来，惹得来观看的巫婆，都哈哈大笑。其中一个巫婆好像特别欣赏盲猫的听觉，一旦鼓包被挤下去，她就鼓掌大笑。鼓包看出这巫婆想收留盲猫的样子，再次上台时，他飞快地小声对盲猫说："如果你再把我挤下去，我就说出你的秘密。"盲猫这才收敛一点儿，留了一丁点儿地方给鼓包。鼓包只能放下一只脚，站了一会儿，站不住，他自己就掉了下去。

就在鼓包气喘吁吁地从台上掉下来又跳上去的时候，一个巫婆看上了疙瘩。她骑上疙瘩，在天空飞得很如意。

"哈哈哈，小伙子，就你啦！跟我走吧!"巫婆捻了个响指。

这时，鼓包跑过来祝贺疙瘩。

"疙瘩，你找到了主人，这太好啦！"

"真是好极了!"疙瘩高兴得不得了。

"走啦走啦!"巫婆一把扯开疙瘩,"你们的告别就此结束,我不喜欢情感丰富的扫把。"

疙瘩跟着巫婆走了几步,却发现鼓包站在原地向他挥手。

"嗨,兄弟,你在那儿干什么,快过来呀,我们有主人啦!"疙瘩喊道。

巫婆不痛快地拧了一下她的尖鼻子,一撩黑斗篷说:"谁说我是他的主人,我的黑猫在这儿呢。"

巫婆的斗篷里有一只皮毛油光水滑的黑猫,肥得像肉铺老板。

疙瘩看着他,自卑得扭过脸去。

疙瘩倒退了几步,巫婆眯起了眼睛,冷冷地说:"疙瘩,我数到三,再不跟我走,后悔都没用了。一……"

"别傻了,兄弟,快走!"鼓包叫道。

"二——"巫婆数得飞快。

鼓包跳过去,用力推疙瘩:"你发什么愣呀,快走啊,她需要你,别再跟着我吃苦了。"

但是疙瘩一动不动。

"三!"巫婆数完,头也不回地甩着斗篷走了。

她那只肥黑猫,冲着疙瘩怪叫一声:"喵——呜!"

疙瘩摇摇头,对鼓包说:"你瞧,兄弟,我不喜欢那肥得流油的家伙,他要是整天坐在我的扫把头上,我的心会闷出病来的。鼓包,我喜欢你,不想离开你。你愿意跟我在一起吗,鼓包?"

看着疙瘩期待的眼神，鼓包差点哭了，还好，他们及时地拥抱在一起，没让泪水流出来。

巫婆交易大会结束了，鼓包和疙瘩没找到主人。

四

鼓包跟疙瘩来到一个没有巫婆的城市，他们走了很远的路，为的是能找到一份工作。

这座城市不缺少黑猫，但缺少会走动的扫把，当跟在鼓包身后的疙瘩一蹦一跳地走路时，引来了许多目光。

见围观的人越聚越多，疙瘩说："鼓包，我看可以开始工作啦！"

"那就抱歉了疙瘩，你要辛苦些，我只有动动嘴皮了。"鼓包有点不安地说。

"不，你不光要动嘴皮子，还要动手收钱。"疙瘩冲鼓包眨眨眼。

鼓包让人们围成一个圈，卖力地叫喊起来："下面有来自神秘王国的扫把疙瘩为大家表演。瞧好了，这是我的帽子，对，我的帽子底儿有个洞，不过它只漏小钱，不漏大钱，所以，大家为扫把疙瘩鼓掌完以后，往这破帽子扔些漏不掉的钱好不好？谢谢！闲话少说，演出正式开始！扫把疙瘩，先给大家鞠个躬！"

疙瘩听话地打圈儿给大家鞠躬，引得人们鼓掌大笑。

扫把疙瘩在鼓包的指挥下，表演了很多节目，掌声不断。接着，鼓包让观众点节目，疙瘩来表演。没想刚点三个节目，有人大叫："警察来啦，快跑！"

大家呼啦一下四散逃开。

鼓包把盛钱的帽子捂在怀里，跟着人群跑。

"站住！扰乱秩序的家伙！"警察直奔鼓包和疙瘩而来。

鼓包和疙瘩长途跋涉，加上又表演了半天，哪能跑得动，眼看快被警察追上了，忽然一只大手一把抓过他们，反手把他们关在门后，低声说："嘘，别动。"

那人悠然地吹起口哨。

警察已跑了过来，问道："看见那只黑猫跟一把疯扫把了吗？"

"唔，朝着那条道跑啦！"

"快追。"

警察的脚步声远去。

随后，一只麻袋朝鼓包的头上套来。

"你要干什么？"鼓包在麻袋里挣扎。

"哈哈哈，这叫才逃过警察，又落入麻袋。别嚷，小心警察听见，会让你坐一辈子牢。"那人说着用绳子扎住麻袋口，多出的绳子结了一个扣，把疙瘩横过来，穿进扣里，往肩头一扔，朝警察相反的方向走了。

疙瘩不知道那人想干什么，鼓包落入麻袋里，还是先不做声的好。

走了很久，鼓包实在是憋不住了，在麻袋里问："我们要去哪儿？"

"去哪儿，这是我的自由。我救了你的命，你得一辈子给我卖力，听我的。不然的话，送你去坐牢。"

"你放我出来，不能老让我在麻袋里待着，我快闷死啦！"鼓包在麻袋里踢蹬着。

"哼哼，你不要想出来，以后除了演出你会见见阳光以外，其余时间，你会一直待在麻袋里。哈哈哈！"

那人笑得好得意，可他还没笑完，就扑通倒在地上。是疙瘩适时给了他重重的一击。

但麻袋口系得太紧了，疙瘩怎么也解不开绳头，鼓包在麻袋里扯呀拽呀咬呀，一点用也没有。

"怎么办？那家伙是昏过去了，但他还会再醒来的。"鼓包焦急地说。

"兄弟，我不会解绳子，这是我的弱项呀。"疙瘩无可奈何地转来转去，若是个大罐子，他会一扫把打下去，砸它个稀巴烂，救鼓包出来，可是这软软的麻袋，把疙瘩难住了。

一会儿，疙瘩叫道："不好，那边来了个人！"

"人？"

"对，没错。"

"疙瘩，你听我的，用劲跳，跳得越高越好，把他引过来。"

疙瘩马上疯疯癫癫地跳起来，引起远处那个人的注意，他果然朝这边来了。

"那人朝这边走过来了。"疙瘩说。

"还有多远？"鼓包问。

"还有 20 几把扫把远。"

"好，你倒在地上，离我三扫把远。你要一动不动地躺着，听我的口令。"

"好，我明白了。"

疙瘩量好距离，咚地躺在地上，再也不动，像一把平常的扫把一模一样。

那人越走越近了，是个农妇，一看就是个解绳子的好手。

她走到疙瘩和鼓包的身边来。

"咦，刚才看见一个东西蹦来跳去的，哪儿去了？"农妇疑惑地看看扫把，又看看麻袋。

没有任何动静。

"这麻袋里装的是什么？"

农妇弯下腰来解绳子。

疙瘩紧张地看着，笔直地躺着，竖起耳朵，听鼓包的口令。可是麻袋里的鼓包像土豆一样无声无息。

麻袋口子解开了，妇人撑开麻袋口，探头朝里张望。

突然，鼓包刷地冲出了麻袋口。他大声地冲扫把喊："疙瘩，能跑多快跑多快！"

疙瘩一跃而起，追随鼓包而去。

一眨眼，鼓包和扫把的身后只剩下一股烟了。

农妇惊得愣在那里，忽然，她怪叫一声，朝另一个方向没命地逃去。

五

不管到哪里
我都跟你在一起
你中有我
我中有你
朋友就是这样
一起苦恼
一起快乐
永不分离

这是鼓包和疙瘩共同编的一首歌，寂寞了唱一唱，苦恼了唱一唱，饿了冷了唱一唱，这首歌一唱完，一切问题都解决了。

经过努力，鼓包在鱼店里找到一个清扫鱼池的工作。鼓包是拖着疙瘩去求职的，不然老板看见疙瘩自己会扫，就不会用鼓包了。

一上班，鼓包就被戴上一只大口罩，不到下班不准取下来，因为老板怕鼓包偷吃。

"鼓包，快扫，鱼池脏了，你想让我的鱼都呛死吗？死鱼卖不上价钱，小心我炒了你！"满身鱼鳞的老板粗声吆喝。

鼓包一听，就像被火烧了一般跳起来，虽然老板说的"炒"是开除的意思，但鼓包听了就好像把他放进锅里炒一样难受。他抱着扫把疙瘩一阵猛扫。

疙瘩一身脏污，让鼓包心里很是不安。

"疙瘩兄弟，对不起，你身上全湿了，很难受吧？唉，真不该让你陪着我受这样的罪。"鼓包说。

疙瘩在鼓包的耳边悄声说："没关系，只要跟你在一起，干什么我都愿意，100个愿意，1000个愿意！"

鼓包正跟疙瘩说着话呢，忽然，鱼店老板一把扯下鼓包的大口罩说："你这家伙嘴里在嘀咕什么，不是在口罩里面偷嚼鱼吃吧？"

可他什么也没看到，鼓包的嘴里干干净净的。

"你一个人不好好干活嘴巴瞎动什么？古怪的东西！"鱼店老板又紧紧地系上了鼓包嘴巴上的口罩。

鼓包气愤得真想咬他一口，疙瘩也想横过来给他一下子，可是好容易才找到工作，不能这样丢了呀。鼓包只好默默地干活，疙瘩也尽量装出是一把平凡得不能再平凡的扫把，在腥臭的鱼池里卖力工作。

有了鱼店的清扫工作，鼓包总算不必饿肚子了。

夜晚，鼓包和疙瘩靠在鱼店外的屋檐下休息。

鼓包尽量在水龙头下把疙瘩身上的鱼鳞及脏东西冲洗干净，尽管这样，疙瘩身上还是散发着一阵阵鱼腥味，最要命的是浑身湿淋淋的，难受极了。

鼓包和疙瘩互相依偎着，在清风明月里，想他们的未来。

"真希望我有一间小屋，有两张床，一张床上睡你，一张床上睡我。"疙瘩说。

"这间小屋的门一定要高高的，这样你不用弯腰就可以进去。"鼓包说。

"你想得真周到，因为我不会弯腰啊。也要给你开个小门，你的身体很矮嘛。"

"不，我要开个窗，从窗子里跳来跳去进我们的小屋，那多有意思呀！"

"你希望屋里有什么装饰？我希望有一瓶茉莉花，让花香驱走我身上的鱼腥味儿。"

"我希望有一串串鱼干，挂在窗前，风一吹，丁零当啷的。"

"我希望……"

"我希望……"

在希望中，鼓包和疙瘩进入了梦乡。

艰难的日子刚刚开始，可无边的想象却很远很远。

洗呀洗，睡呀睡

一场大洪水，把两只动物冲到了孤岛上。

一只是树熊，一只是浣熊。

他们庆幸自己没被淹死，紧紧地拥抱在一起。

然后，他们马上就分开了。

树熊打着呵欠说："我困极了，要到树杈上睡一觉。

说是要到树杈上，可是树熊刚爬到树的半腰就抱着树干睡着了。

浣熊呢，马上举着手向水边跑去，"我要洗干净我的手，我的手摸到了树熊的毛！"

浣熊洗了手，洗了全身，还洗干净几个红苹果，吃得饱饱的。他还特意留几个给树熊，放在树叶上。树叶是金黄的和通红的，也是在水里洗干净的。

浣熊累了，就靠在树熊睡觉的树下，等着树熊快点醒来，明天一块到岛上看看。

早晨，一轮太阳升起来，浣熊一跃而起，开心地大叫："哈哈，清水刚刚洗过的太阳，太好啦！"

浣熊的声音吵醒了树熊，树熊眼也不睁地说："老兄，求你别洗了，我梦里全是你哗啦哗啦洗东西的声音……"

"嗨，你醒啦？我们一起去岛上转转吧?"浣熊热情地叫道。

但没有回答。

"喂，老弟，你该吃点东西啦!"浣熊把还在滴着水珠的苹果举起来。

还是没有回答。

"你可真能睡。"浣熊失望地说。他重新把苹果放到树叶上，打算自己去岛上转转。

走了几步，他不放心，回头说："那你爬到树杈上去睡吧，免得睡着了，手一松掉下来。"

这一回，树熊算是听见了，他动了动，又动了动，结果头朝下，又睡着了。

"哎哎哎，老弟!"浣熊马上跑回来，张开双手，准备接快掉下来的树熊，但树熊头朝下抱着树，睡得香极了。

"你这样睡觉是不安全的，快躺好!"浣熊大喊。

只有风吹动树叶的声音。

树熊像是树的节疤一样，一点声息都没有。

"我得把他弄下来，放在树叶上睡。他要是一个倒栽葱，岛上可就剩下我一个人了。"

浣熊抱来一堆树叶放在树下，抱得多多的，摊得厚厚的。

"喂，老弟，下来到床上睡吧!"浣熊擦着汗笑眯眯地说。

树熊这会儿正在梦乡，哪里听得到浣熊的声音。

"喂喂喂，别让人担心啦！"

"老弟……"

最后浣熊气得在树干上踹了一脚，去水里洗他的手，洗他的脚，洗他全身的毛。为了树熊，他把自己弄得脏极了。

当浣熊撩起第一把水的时候，熟睡的树熊脸上就变得烦躁起来，他嘴里嘀咕着，但浣熊什么也没听见。

一天就这样过去了。

第二天，浣熊睁开眼的第一件事就是看树熊，天哪，他一夜也没动一下，头朝下，口水顺着树干往下流。

"真有你的！"浣熊看了一眼，又跑去洗脸了。

"浣熊，你到底有完没完，为什么总在洗洗洗……"树熊嘀咕道。

树熊隐隐约约听到了一点声音，他洗完，冲着树熊说："睡睡睡，没完没了，我可自己去逛了。"

浣熊这一次头也不回地走了。不过，树叶上，留着一大堆吃的。

太阳升高了，一只蝴蝶飞到树熊的鼻子上，树熊痒痒的，嘴角动了动。

太阳西沉的时候浣熊才回来，他脸上全是笑，背后背着一大堆吃的，脖子上还套着个花环。他本以为给树熊留的东西都被吃个精光呢，一看，苹果呀鸭梨呀什么的，一个也没动。

"下来，树熊！"浣熊毫不客气地大叫。

见树熊没反应，他扑通跳进水里，使劲地搅起水花来。

树熊醒了，从树上爬下来。

浣熊也从水里上来。

两只熊逼视着，一步步走近，头碰头，身子紧紧地抱在一起，打起架来。

他们俩一会儿你上，一会儿我下。因为离得太近，树熊的嘴和浣熊的嘴碰在了一起。

"啊！"浣熊大叫一声，松开树熊朝水里跑去。

树熊呢，正滚到苹果梨子的旁边，他咔嚓咔嚓吃个痛快。

等浣熊洗干净上来一看，树熊不见了。

"咦，哪里去了？"

浣熊左看右看，找不到，以为树熊也去逛小岛了呢，没想抬头一看，树熊正睡在树杈上呢。

"天哪！"浣熊吃惊得跌倒在地，弄脏了毛，他只得又回到水里去洗。

哗啦——哗啦——哗啦！

这是爱睡觉的树熊最讨厌的声音。

在这个小岛上，他们俩将一直这样生活下去。

小狮子毛尔冬（中篇）

毛尔冬的洗头计划

小狮子毛尔冬头痒得要命，弄得他睡觉睡不好，吃饭吃不香，玩也玩不痛快。而且在别人面前用手指甲搔头是很不礼貌的，甚至惹得别人好好的也痒了起来。

毛尔冬躲开人群，一个人在田野里慢慢地走。风很柔地吹过来，吹眯了毛尔冬的眼睛，吹痒了毛尔冬的头。反正没别人，毛尔冬尽情地搔，搔。

医生老妙刚好经过这儿，他从眼镜片上面看着毛尔冬问："你一个人在这儿干什么？"

毛尔冬想问老妙，既然戴着眼镜，就得透过眼镜片看人，为什么偏偏将眼睛从眼镜上面望他？可是，头……实在太痒……顾不上问这个。他抓住老妙说："老妙老妙，我的头好痒好痒，噢噢——"

老妙凑近毛尔冬的头，仔细地看了看说："春天里，皮肤病多，恐怕是得了皮肤病。"老妙又翻开毛尔冬的头发看了看，忽然笑起来。

"咦，我头上有什么好笑的东西吗？"毛尔冬不明白地问。

老妙摇摇头说："看不出你相貌堂堂，却不爱洗头，你大概一个月没洗头了吧？"

毛尔冬正想说："我是……"刚说了两个字就捂住了嘴。

老妙已大踏步地走远了。

毛尔冬小声地嘀咕道："我去年春天才洗的头呀。听老妙的话，好像他最多半个月就洗一次头哩。唉，我太讨厌洗头了！"

毛尔冬愁眉不展地回到家，头痒得他简直没有心思吃饭。他从旧书包里掏出一个破本子，还有一截铅笔头儿，在破本子上歪歪斜斜地写了几个字：

毛尔冬的洗头计划

写完这几个字，毛尔冬咬着笔头，趴在桌上苦思冥想。什么时候洗头呢？明天？不行！明天离今天太近，再说洗头又不是自己喜欢的事儿，干吗安排得那么急呀。那么，后天吧。后天上午？不行。后天下午？也不行？干脆后天夜晚月亮出来的时候再洗吧。毛尔冬将咬得满是深深牙印的铅笔头拔出来，在"毛尔冬的洗头计划"下面写上：

后天月亮出来的时候洗头

夜晚睡觉，有两个好梦都被头痒痒打断了，害得毛尔冬心情很不好。

这两天，毛尔冬心事重重，总是想着他的洗头计划。可是，后天晚上还是在毛尔冬吃过晚饭后来临了。

毛尔冬很不痛快地坐在门口等月亮。天已经黑了好一会儿，月亮还没露脸。老妙给一个病人打完针经过这儿，一下给绊了个大跟头。

"哎哟！"毛尔冬揉着被踩痛的脚，大叫一声。

老妙趴在地上摸眼镜，听见是毛尔冬的声音，就问："你搞什么名堂？你的头还痒吗？已经洗过了吧，毛尔冬？"

毛尔冬回答说："我正坐在这儿等月亮出来。"

"那是为什么，让月亮为你洗头吗？"

"你不知道，尽瞎说。这是我订的计划，今晚月亮出来的时候洗头。"毛尔冬有些委屈地说。

老妙听罢生气地说："去你的吧，毛尔冬，天气预报说，这半个月内都是阴雨天，哪里会有月亮呀，真是活见鬼的洗头计划！"

老妙背着医药箱磕磕绊绊地走了。

"原来半个月内都不会出月亮，嘻嘻！"毛尔冬的心情顿时轻松起来，还愉快地唱起了歌。

回到屋里，他用笔头划掉了"后天月亮出来的时候洗头"这行字，重又写上：

半个月后月亮出来时洗头

半个月很快过去了，月亮真的挂在了天空。毛尔冬在月亮出来之前，已把破本子塞进了老鼠洞。这样，他便觉得自己从来没订过什么计划，不用再想洗头的事了。

这些天，毛尔冬的头越来越痒，随即一绺一绺的头发也开始往下脱落。这样下去会变成秃顶的，秃顶的小狮子该有多难看呀！得去找老妙买一瓶保发水儿。毛尔冬担心起来。

老妙先看看毛尔冬的头，一句话也懒得说，就把他推到了门外。

毛尔冬觉得好没面子，坐在田野里哭起来。哭着哭着，他在心里又订了个计划：只要回家，就必须洗头！

这个计划刚订好，毛尔冬就觉得两腿沉重，再也不想回家。他就在田埂上这么坐着。不知什么时候，天空布满了乌云，要下大雨了。"回家吧?"毛尔冬自己问自己，随后又摇摇头。

不一会儿，豆大的雨点砸下来。毛尔冬不在乎，闭着眼睛，随便雨点怎么淋他。

老妙在屋里，一会儿左眼跳，一会儿右眼跳。越想越觉得刚才自己对毛尔冬太粗鲁了点儿，毛尔冬不爱洗头，而自己呢，不是也挺讨厌刷牙的吗。他穿上雨衣，决定去毛尔冬家为刚才的失礼向他道歉。

老妙穿过田野的时候，忽然看见前边有一个黑影。过去一看，天哪，是毛尔冬，他正在雨中瑟瑟发抖呢！老妙顾不上别的，抱起毛尔冬就跑。

毛尔冬被雨淋得发高烧，老妙一连给他打了八针才退烧。

毛尔冬清醒后的第一句话就是："我不愿回家，回家就得洗头，我刚订的计划。"

老妙从眼镜上边望着毛尔冬，笑嘻嘻地安慰他说："放心吧，这一下你可不用洗头了，大雨已把你的头发洗得干干净净了。"

发脾气的毛尔冬

小狮子毛尔冬的心情不好，老是想发脾气。

好吧，出去走走，也许心情会好些。

毛尔冬漫步在山间的小路上，忽然，"咚"有个东西砸在毛尔冬的头上。

毛尔冬气得大叫："谁？谁干的？"

没有人回答，一只成熟的核桃从他的头上滚下来，掉到他的脚边。

哎呀，毛尔冬的心情不但没变好，却被核桃砸得更糟糕了。

"核桃啊核桃，看我怎么教训你！"

毛尔冬气呼呼地把核桃扔到地上，找来一把锤子，举锤朝核桃砸去。

没想到锤子砸偏了，正砸在他的手上。

"哎哟哎哟哎哟！"毛尔冬痛得抱着手跳起来。

锤子砸得毛尔冬火冒三丈。

"锤子啊锤子，看我怎么教训你！"

毛尔冬拎起锤子一阵风跑到家旁边的小池塘，"咚"锤子被他扔进池塘里。

"哗"池塘里的水花溅起来，打湿了毛尔冬的脚，也打湿了毛尔冬的心情。

"池塘啊池塘，我可没惹你，你惹了我，我要让你吃点苦头！"

毛尔冬找来大石头、小石头，费了很大力气，把池塘填平了。

毛尔冬累得满头大汗，躺在地上睡着了。

一觉醒来，毛尔冬的心情好了一点。他想洗洗搬石头弄脏的手，却发现清水池塘被自己填平了，无法洗手。毛尔冬想，我是喜欢清水池塘的呀，清水池塘里有清水可以游泳，池塘旁边有大树能够乘凉，没事还可以坐在池塘边欣赏风景。就因为刚才自己发脾气，砸了核桃，扔了锤子，填平了池塘。

"毛尔冬，你不该发脾气。"毛尔冬自己对自己说，"你应该向池塘道歉。"

毛尔冬向池塘道歉的方式，就是把大石头小石头一块一块从池塘里搬开。

"还应该向锤子道歉。"

毛尔冬把锤子从池塘里捞上来，洗干净。

"还应该向核桃道歉。"

毛尔冬轻轻地用锤子敲开核桃。

吃着香香的核桃仁，欣赏着池塘上的风景，毛尔冬笑了。

"不发脾气真好！"

毛尔冬自言自语。

和你一起长胖

小狮子毛尔冬去找他的表妹花眉儿玩。

花眉儿去姥姥家一个月才回来，毛尔冬好想她噢。

咚咚咚，毛尔冬敲门。

一只胖乎乎陌生的小狮子出来开门。

"花眉儿在家吗？"毛尔冬一边朝门里张望，一边问。

"你看看我是谁？"胖乎乎的小狮子问。

"我不认识你呀。"毛尔冬回答。

咔嗒，门被关上了。里边传出小狮子的哭声："呜呜，我不要这么胖，连毛尔冬都认不出我来了！"

哎呀，原来那个胖乎乎的小狮子就是花眉儿。花眉儿去姥姥家吃胖了。

咚咚咚，毛尔冬敲门，花眉儿不开。

毛尔冬说："花眉儿，你生气了吗？我刚才是和你开玩笑呢，我一眼就认出你是花眉儿了。"

花眉儿说："不信，不信！"

毛尔冬只好回家。

第二天，毛尔冬捉一只蚱蜢送给花眉儿。毛尔冬说："花眉儿，开门，我给你送蚱蜢来了。"

花眉儿说："不开，不开。"

毛尔冬给花眉儿送好玩的，花眉儿不开门；毛尔冬给花眉儿送好吃的，花眉儿还是不开门。哎呀，花眉儿老待在家里，会变得越来越胖的。怎么办呢？毛尔冬想啊想，他有了一个主意。撒腿朝家跑去。

一连许多天都不见毛尔冬来敲门了，花眉儿趴在窗口朝外望，望不到毛尔冬；花眉儿拉开门缝朝外瞧，也瞧不见毛尔冬。花眉儿想去找毛尔冬，可自己太胖了，不好意思出门。她又关上了门和窗户。

这天，花眉儿的门终于响了。花眉儿拉开门缝一看：呀，外面站着一只胖得眼睛挤成了一条缝的小狮子。

"你找谁呀？"花眉儿问。

"我找你呀，花眉儿。"

"你是谁？我不认识你呀？"花眉儿很奇怪。

"哈哈，我是毛尔冬呀！"毛尔冬笑了。

"你怎么和我一样胖啦？"

"我吃了好多好多东西，才长得和你一样胖。"毛尔冬开心地说。

"你为什么要和我一起长胖？胖子很难看呀！"花眉儿说。

"我和你一起长胖，也可以和你一起变瘦呀。我们天天出去锻炼，就会变瘦的。"毛尔冬说。

花眉儿感动得说不出话来，只用细细的眼睛看着毛尔冬。

"我们一起出去玩吧?"毛尔冬说。

"太好啦!"花眉儿像只大绒球一样骨碌碌滚到毛尔冬的身边。

花眉儿和表哥毛尔冬手牵着手，朝野外跑去。

在别人看来，野外的山坡上有两只大绒球在一起往前滚，骨碌碌，骨碌碌。哈哈，真好玩儿!

跑得太快的毛尔冬

小狮子毛尔冬今天很高兴，爸爸妈妈要带他去野外看风景。

小狮子毛尔冬住的地方，山是青的，水是绿的，天是蓝的，云是白的。有很多风景。

爸爸说："我们去远方看风景。"

毛尔冬喜欢风景，更喜欢远方的风景。

毛尔冬一家一路走一路笑，来到远方的风景区。

毛尔冬好高兴，哇哇大叫。

"好漂亮啊!"毛尔冬撒腿就跑。

妈妈说："欣赏风景的时候，要慢慢地走。"

"我要看前边的风景!"毛尔冬欢呼着跑没了影。

狮子爸爸和狮子妈妈慢慢地走，慢慢地欣赏风景。

等狮子爸爸和狮子妈妈好不容易追上毛尔冬，毛尔冬又飞奔着跑了。

狮子爸爸说："等等我们，我们一起看风景。"

毛尔冬头也不回地说："我要第一个看前边的风景！"

狮子爸爸妈妈还没有把风景看完一半，毛尔冬已经把所有的风景看完了。因为跑得太快，毛尔冬摔了两个跟头，腿擦破了两块皮，痛得他直咧嘴。

没办法，爸爸妈妈只好陪毛尔冬回家。

毛尔冬的腿上涂了红药水，"哇哇哇，痛啊！"毛尔冬叫唤道。

爸爸问："毛尔冬，你都看了什么风景啊？"

毛尔冬想了想，说："忘了。"

妈妈提醒他："看见很大的雪松了吗？"

毛尔冬摇摇头。

爸爸问："看见白鹭在河边跳舞了吗？"

毛尔冬摇摇头。

"看见松鼠在树枝上捉迷藏了吗？"

毛尔冬还是摇头。

"看见野鸭妈妈教孩子们游泳了吗？"

毛尔冬仍然摇头。

毛尔冬跑得太快了，他什么也没看见。

"那你到远方都收获了什么呀？"妈妈问。

毛尔冬指着腿上的伤说："它们。"

毛尔冬又伸出他的双脚说："还有它们。"

狮子爸爸妈妈一看，一齐笑起来，哈哈哈！毛尔冬不但腿上收获了两块伤，脚板上还收获了几个不小的水泡哩！

毛尔冬的分身术

爸爸和妈妈今天有重要的事情要出去办，小狮子毛尔冬得一个人在家。

临走，妈妈给毛尔冬留了一张纸条，对毛尔冬说："要做的事情都写在纸条上，慢慢做，有很多时间。"

毛尔冬读妈妈写的纸条："洗衣服；拖地板；烧一锅粥。"

读完纸条，毛尔冬就笑了："好简单的事情，等我睡一觉起来再做一点也不迟。我是很会利用时间的哟！"

毛尔冬看着漫画书睡着了。

毛尔冬做了个梦，梦见自己会分身术，他一抖身子，就变出三个毛尔冬来。妈妈写在纸条上的三件事情，毛尔冬眨眼间就做完了。

"哈哈哈！"

毛尔冬在梦里大笑起来，没想到笑得太响，就笑醒了。

"是个梦啊！"毛尔冬坐起来，看看钟表，糟糕，时间不多了呀！

"好，我来试试梦里的分身术！"毛尔冬使劲抖动身子，可还是一个毛尔冬。

没办法，毛尔冬只好一个人同时做三件事：边拖地板，边洗衣服，边烧粥。

拖着拖着，毛尔冬发现地板上的水越来越多。怎么回事？

呀，是给洗衣机里放水放得太多，水漫了出来。

急忙关水龙头，用力过大，水龙头失灵啦，水流得更多了。

正修理水龙头，哪里飘来一股煳味，咦，是粥烧开了，正在往外溢呢。好吧，再给粥加点凉水，继续烧。

洗衣机里的水跑到了厨房里。拖把，拖把在哪里？

水在地板上升高，拖把对付不了，只好扔下拖把；用力拧水龙头，拧不上，水把毛尔冬浇得透湿；噢，粥又溢了出来，再加一碗凉水……

毛尔冬在水中奔跑着，一会儿拖地，一会儿拧水龙头，一会儿给粥加水。

在毛尔冬精疲力竭的时候，爸爸妈妈回来了。

他们看见：

拖把在水里，洗衣机在水里，毛尔冬在水里，写给毛尔冬的纸条在水里。只有煮粥的锅不在水里，可是锅里已经没有粥了，只有一些清水，粥都溢到外面了。

看着爸爸爸妈妈吃惊的样子，毛尔冬真想使个分身术，逃出去。

旋转不停的狮子

一天，花眉儿带毛尔冬去城里的外婆家。

城里的一切真让毛尔冬大开眼界，汽车在马路上跑来跑去，它们的脚竟是圆圆的轮子，大概生下来就是为了不停地奔跑的。"它们要是一停下来，就会站不稳摔倒吧？"毛尔冬想。

花眉儿很有经验，拉着毛尔冬过了一条马路，又过一条马路。

忽然，毛尔冬被旋转门吸引住了。

"那个自己不停地转着的东西是什么？"毛尔冬问。

"那是旋转门啊。"花眉儿说。

毛尔冬盯着旋转门不走了，嗯，这是城里最有趣的东西了。

花眉儿走到旋转门旁边，对毛尔冬说："我要进去啦！"

花眉儿一眨眼间，像一位魔术师一样，进了旋转门。

"花眉儿真了不起啊！她是怎么进去的呢？"毛尔冬佩服极了。

"快进来呀，毛尔冬！"花眉儿在里边喊。

"花眉儿能进去，我也能进去。不能让花眉儿笑话我。"毛尔冬暗想。

"快进来！"花眉儿朝毛尔冬招手。

毛尔冬鼓足勇气，闭着眼睛朝旋转门冲了过去。

只听见花眉儿大叫一声："毛尔冬，小心！"

毛尔冬的眼前就出现了一片星星，不光旋转门在转，天也在转，地也在转。

其实，天也没转，地也没转，是毛尔冬的头撞在了旋转门上，他在外面旋转起来，他转得比旋转门快多了。

"毛尔冬，你快停下来！"花眉儿喊。

毛尔冬想停下来，可他没办法让自己停下来。他转啊转，没完没了。

花眉儿只好带毛尔冬回家。

毛尔冬是一路旋转着回到山野的，他一直旋转到家门口，才停下来。

花眉儿吐了一口气："毛尔冬，你终于停下来了。"

花眉儿回家了，她不敢再领毛尔冬到城里外婆家了。

好长一段时间，谁要一提"城市"两个字，毛尔冬就忍不住要旋转。

毛尔冬想：我要是去城里当旋转门，肯定当得很好。

毛尔冬的烦恼

小狮子毛尔冬很烦恼。他不爱吃饭，瘦得一阵风就能刮跑。一次，在田野里玩儿，他被风吹到半空中，摔下来，屁股痛了三天。还有一次，他被风刮到池塘里，喝了一肚子水，吃了一嘴的水草。

狮子爸爸说："吃零食没有吃饭好，一天三顿饭，一顿也不能少。"

狮子妈妈说："要吃得饱饱的，让肚子鼓起来，才像只狮子。"

毛尔冬就使劲吸气鼓肚子，显出很威武的样子。一阵风吹过来，吹得毛尔冬鼻子直痒痒，打了一个大喷嚏，裤子掉到脚面上。

哈哈哈！

狮子爸爸妈妈笑得前仰后合。狮子爸爸说："一点狮子样子也没有！"

狮子妈妈说："吃饭吃饭，得多多地吃饭！"

狮子妈妈叮叮当当一阵忙，做出来的东西餐桌都快摆不下了。碗里满满的是饭，盘子里多多的是菜，盆子里足足的是汤，高高的饼垒成一道墙。毛尔冬看不见对面的爸爸妈妈，爸爸妈妈也看不见对面的毛尔冬。毛尔冬做个鬼脸，从桌子底下逃跑了。

狮子爸爸一点也不知道，一个劲地说："毛尔冬，吃肉吃肉。"

狮子妈妈一点也不知道，一个劲地说："毛尔冬，喝汤喝汤。"

没有毛尔冬的声音。

狮子爸爸妈妈站在板凳上，看看桌子对面，叫起来："毛尔冬不见啦！"

他们跳下凳子，四下寻找毛尔冬。

毛尔冬早跑到田野里，躲进油菜花地，藏在花丛里。

毛尔冬躺在花间，鼻子里都是花香。嗡嗡嗡！蜜蜂在采花蜜。

"我也要当蜜蜂，只吃花儿!"毛尔冬自言自语地说。他采下油菜花，甜甜地吃起来。

太阳暖暖的，风儿也柔柔的，毛尔冬吃着花儿睡着了。他的脸上还留着花粉呢，他的嘴角还淌着花蜜呢。

一只蜜蜂飞过来，把毛尔冬的嘴角，当成了一朵花儿，采起蜜来。

毛尔冬感到嘴巴痒，一拍，蜜蜂刺了他一下。

"哇!"毛尔冬痛得直跳，拔腿就跑。他一口气跑回家，嘴巴肿起一个大包。

毛尔冬照照镜子，大声说："瞧，鼓起来啦，我成了一只真正的小狮子!"

狮子妈妈摇摇头："嘴巴鼓，不是真正的狮子!"

狮子爸爸摇摇头说："肚子鼓，才像真正的狮子!"

毛尔冬的肚子扁扁的。他问："我不像狮子，像啥?"

狮子爸爸说："像一只小狗。"

狮子妈妈说："像一只小猫。"

狮子爸爸妈妈一起说："更像一只小老鼠!"

毛尔冬听了，伤心地捂住眼睛。

狮子妈妈担心地说："毛尔冬不爱吃饭，一定是有病。"

狮子爸爸一听，马上就去请医生老妙。

魔法飞行的一天

小狮子毛尔冬（中篇）

不一会儿，医生老妙来了，背着一个大药箱。老妙给毛尔冬做检查：眼皮翻一翻，额头摸一摸，还把毛尔冬的舌头拉出来瞧一瞧。

"毛尔冬得了什么病？"狮子妈妈心发慌。

"要吃几片药，要打几支针？"狮子爸爸直出汗。

医生老妙说："不打针，不吃药，给你们一个秘方，照着秘方做，一定很灵验。记住，千万别让毛尔冬吃零食！"

狮子爸爸很感激，把医生老妙送出很远很远。

狮子妈妈照着秘方做了饭：小碟子里摆着三颗花生米，两片黄瓜，半个鹌鹑蛋。

毛尔冬好惊奇，吃了三颗花生米、两片黄瓜、半个鹌鹑蛋。他开心地说："有意思！有意思！下顿我还要吃这样的饭！"

第二天，毛尔冬吃完饭，喊道："没吃饱！"

他到处找零食，可瓶瓶罐罐里空荡荡的，饿得他想把沙发咬下一半。

第三天，毛尔冬的小碟子变成了大盘子，饭也比上次多了一点。

第四天，毛尔冬吃很多。

第五天……

毛尔冬的肚子鼓起来了，胸脯挺得高高的，走起路来很有力。嘿，好一只真正的小狮子！

狮子爸爸好高兴，医生老妙的秘方可真灵啊！狮子妈妈很愉快，做饭的时候也唱着歌。

一天又一天，毛尔冬变了，胖成了一个圆球球。走两步，喘一喘；困呀困呀，天天想睡觉，睁不开眼睛。想去田野里玩，两腿却懒得动弹。毛尔冬烦恼起来："怎么办？怎么办？"

狮子爸爸妈妈急得直拍手，对毛尔冬说："毛尔冬，你得减肥！"

毛尔冬答道："好的，我同意减肥。不过，好吃的东西得再加点儿。"

狮子爸爸妈妈一听，都瞪大了眼睛。

毛尔冬的个人演唱会

小狮子毛尔冬坐在林中唱歌，歌声传出很远很远。表妹花眉儿被毛尔冬的歌声吸引过来。

毛尔冬唱完歌，花眉儿陶醉地说："毛尔冬，你的歌声太美妙了！"

"真的吗？我想在林中开个人演唱会。"毛尔冬笑了。

"开个人演唱会得有乐器，一边唱歌，一边演奏乐器，那才棒。"

毛尔冬苦恼起来，他没有乐器。花眉儿说狮音符那儿，乐器可多了。

狮音符是绿森林音乐学校的老师，有一头长得可以甩来甩去的头发，他会演奏各种乐器。

毛尔冬飞快地跑到绿森林音乐学校。

狮音符打开乐器的仓库，呀，这好像是乐器在开会，每件乐器都被狮音符擦得闪着光。

毛尔冬看得有点眼花缭乱。

狮音符一甩长发说："你想学什么乐器呢？我向你推荐高贵的钢琴，它棒极啦！"

狮音符在钢琴上弹出一串迷人的音符，毛尔冬立刻决定学钢琴。

毛尔冬在钢琴上弹来弹去，手都弹酸了，声音却像是爸爸在往墙上敲钉子发出的声音。

毛尔冬想：钢琴不适合我，再说那么重的钢琴，搬来搬去，开音乐会多不方便呀。

狮音符又推荐毛尔冬学优美的小提琴。

毛尔冬拉小提琴，拉来拉去，拉出来的声音像是锯子在锯大树。

"还有更轻便的乐器吗？"毛尔冬问狮音符。

狮音符给毛尔冬推荐活泼的口琴。

毛尔冬不喜欢这一吹一吸的乐器。

"还有更轻便的乐器吗？"毛尔冬的眼睛在乐器上找来找去。

狮音符一甩头说了一声："有啊。"嘴巴一撇，吹起口哨来。

毛尔冬都惊呆了，多悠扬的口哨呀！

毛尔冬一口气跑到森林里练起口哨来。

天天吹，天天练，毛尔冬的口哨吹得越来越好听，他觉得自己可以开个人演唱会。

花眉儿热心地喊来了许多森林里的动物，大家围成一个圈，把毛尔冬围在正中间。

一阵掌声过后，花眉儿宣布毛尔冬个人演唱会开始。

毛尔冬充满信心地张大嘴巴唱起歌来。

"不要只是唱，快用口哨伴奏！"花眉儿在旁边对毛尔冬说。

毛尔冬急忙吹口哨。可是毛尔冬一吹口哨，歌声就停了。

"要口哨歌声一起来！"观众们喊。

毛尔冬没办法又吹口哨又唱歌，因为他只有一张嘴。这一点毛尔冬可没有想到。

观众们全跑了，连花眉儿也没了踪影。

毛尔冬看看静悄悄的四周，自言自语地说："原来个人演唱会就是自己演唱自己听呀。"

粗心的妈妈

小狮子毛尔冬在林中散步，手里拿着一朵花儿，不停地放在鼻子上闻一闻。

忽然，他的头顶发出一声尖叫：

"救命！"

一只小鸟大叫着从高高的树枝上落下来。

"别怕，我来救你！"毛尔冬伸出他那朵美丽的花去接小鸟。

花儿承受不了小鸟的重量，小鸟掉在地上，晕了过去。

毛尔冬捧起小鸟难过地哭了："小鸟，对不起，我不知道这朵花会接不住你。我来救醒你。"

毛尔冬想，凉水可能会让小鸟从昏迷中清醒过来。他提来一大桶水，把小鸟摁进水桶里，大声叫着："小鸟小鸟，快醒过来！"

小鸟醒过来，在水桶里吐着泡泡。

毛尔冬捞出小鸟，问道："小鸟，你醒过来了吗？"

小鸟吐着嘴里的水，埋怨毛尔冬："我醒过来了，你差点把我淹死！"

"可怜的小鸟，你怎么啦？"

"我的腿受伤了，正在流血，你能帮我包扎一下吗？"小鸟抖着湿淋淋的羽毛说。

"当然。我一定治好你的伤。"

毛尔冬拿来一条大被单给小鸟包扎，可怜的小鸟被大被单裹得喘不过气来。

"放开我！救命！"小鸟大叫。

毛尔冬急忙拿开大被单，惭愧地说："都怪我太粗心，你是个小不点，不能用太大的绷带。"

毛尔冬从大被单的中间剪下一小条布，给小鸟包住了受伤的腿。问道："你一定饿了吧？"

小鸟点点头。

毛尔冬"咔嚓"咬下一大口苹果，把它塞进小鸟的嘴里。

"咳、咳、咳！"小鸟噎得大声咳嗽。

毛尔冬忘了小鸟的嘴巴太小。他把苹果嚼成苹果泥，喂到小鸟的嘴里。

"你应该再喝点热汤。"

毛尔冬端来一大盆热汤，舀一勺给小鸟喝。汤太烫，烫得小鸟哇哇叫。

毛尔冬给汤吹气，呼呼呼。

"你多像我的妈妈呀，就是太粗心了。"小鸟说。

"是吗，以后我就来当你的妈妈吧！"毛尔冬一激动，把一大勺吹凉的汤喝进了自己的嘴里。

小鸟吃饱了，毛尔冬对小鸟说："睡一觉吧，睡醒以后，你腿上的伤就会好的。"

毛尔冬给小鸟唱催眠曲，小鸟没睡着，他自己先睡着了。

小鸟的妈妈来找小鸟。

小鸟慢慢地从毛尔冬的鼻子上走过去，毛尔冬却没被惊醒。

"再见，粗心的妈妈！"小鸟跟着鸟妈妈飞走了。

毛尔冬一觉醒来，不见了小鸟，只找到了一根小鸟留下的羽毛。毛尔冬拿着这根羽毛笑了："小鸟的伤已经好了，它找自己的妈妈去了。我要好好保存这根羽毛，小鸟什么时候一见到它，就会知道我是他的妈妈，有点粗心的妈妈。"

毛尔冬吻了一下羽毛，笑了。

热情似火的毛尔冬

小狮子毛尔冬的好朋友，是他的表妹花眉儿。当然喽，花眉儿的好朋友，是她的表哥毛尔冬。

毛尔冬希望天天都能见到花眉儿，可是，花眉儿到毛尔冬的家，要翻过一个山头。毛尔冬就给花眉儿打电话。

"喂，花眉儿，你能来跟我一起玩吗？"

"不能，我在给花浇水。"花眉儿回答。

过了五分钟，毛尔冬又打电话：

"喂，表妹，你能来跟我下棋吗？"

"不能，我正在厕所里……嗯嗯！"花眉儿不好意思往下说了。

再过五分钟，毛尔冬又打电话过去：

"喂，花眉儿表妹，你能过来咱们俩一块喝果汁吗？"

花眉儿说："不能不能，我正在打电话。"

"给谁打电话？"

"给你打电话呀！"

毛尔冬说："别给我打电话了，快来吧！"

花眉儿放下电话，就跑到毛尔冬的家。

毛尔冬一见花眉儿，就紧紧地拥抱她，抱得花眉儿喘不过气来。这是毛尔冬和花眉儿的见面礼。接着，毛尔冬把所有的玩具都拿出来，堆得像一座小山，花眉儿就坐在玩具山头上。玩具还没玩两样，毛尔冬又把所有的图画书都拿出来，堆得像一座小山，花眉儿就坐在图画书的山头上。图画书没看两页，毛尔冬又端来点心、饮料，一个劲地让花眉儿吃啊喝啊。

嗝儿——

花眉儿吃得太多，喝得太多，动弹不得。毛尔冬还一个劲地把点心往花眉儿嘴里塞，把饮料往花眉儿嘴里灌。

"嗝儿——天黑了，我要回家！"花眉儿的肚子胀得像个大西瓜，一步三摇晃。

毛尔冬说："我们还没有痛快地玩呢，再待一会儿吧！"

毛尔冬拉着花眉儿的手不放，让她跟他玩抓子儿，跳绳，捉迷藏。花眉儿实在受不了，趁捉迷藏的时候，一口气跑回家去。

毛尔冬追到花眉儿家，咚咚敲门。

"花眉儿，你为什么跑回家了？是我不热情，惹你生气了吗？"毛尔冬问。

花眉儿不开门，隔着窗户说："你热情得像一把火，让我受不了！"

"好吧，我以后不再热情得像火了，你出来吧，我有件事要对你说。"

花眉儿打开门问："什么事儿?"

毛尔冬一把抱住花眉儿说："你忘了拥抱告别!"

说着，毛尔冬紧紧紧紧地抱住花眉儿的脖子。

噢，天哪! 花眉儿差点晕了过去。

毛尔冬锻炼身体

最近，小狮子毛尔冬总是感冒，打喷嚏，咳嗽，发烧。

老妙一次次给毛尔冬开感冒药：药片，药丸，药浆。

"咕咚咕咚!"毛尔冬每天不用吃饭，吃药就吃饱了。

老妙说："毛尔冬，这样可不行，你得锻炼身体。"

"锻炼身体? 那有什么好处哇?"毛尔冬最不爱锻炼身体。

"锻炼身体，可以不得感冒。可以把胖子变瘦，把瘦子变胖。好处多得很哪! 从明天早晨开始，你要锻炼身体，这就是我给你开的药方。"老妙说完，背着药箱走了。

毛尔冬下决心明天开始锻炼身体，他不想再感冒了。

毛尔冬起了个大早，来到森林里。

森林里跑步的真多，毛尔冬想：我也来跑步。

刚跑了两步，毛尔冬发现自己没有运动鞋，别人都是穿着运动鞋跑步的呀。

毛尔冬不跑步了，去买运动鞋，一下买了好几双，这样可以轮换着穿。

有了运动鞋，毛尔冬早晨就穿着运动鞋来到森林里。

毛尔冬在森林里跑了几步，就对跑步失去了兴趣：跑步太累，不如练功。

练功得有练功服，毛尔冬又买来几套练功服。

脚蹬运动鞋，身穿运动服，这样才像一个晨练者嘛！

刚练几下功，毛尔冬就不想练了，练功慢吞吞，不如练哑铃。

有了哑铃，毛尔冬很高兴，他想：我小狮子就应该练哑铃，练哑铃才叫真正的运动。

一二三，一二三……

老是举着个哑铃，一上一下的，样子太傻了。

后来，毛尔冬又喜欢上了羽毛球。

再后来，毛尔冬又不喜欢羽毛球了。

再再后来……

毛尔冬想：感冒有什么了不起，打喷嚏很舒服。

毛尔冬又想：胖一点有什么大不了的，胖乎乎的才可爱。

毛尔冬还想：瘦了也没什么可怕，瘦一点才精神。

森林里的早晨再也没有了毛尔冬的身影。

毛尔冬在床上练睡功。

毛尔冬的运动鞋也在练睡功，运动服也在练睡功，哑铃也在练睡功，羽毛球……都在练睡功。

呼噜噜，呼噜噜噜……

毛尔冬在床上起劲地打着呼噜。

春天的远足

春天的风又吹来了，小狮子毛尔冬和表妹花眉儿不约而同想去远足。

毛尔冬和花眉儿约好，明天早晨在小河边见。

夜晚，毛尔冬开始为远足做准备。

首先，毛尔冬准备了很多吃的，四条长面包，五盒熏肉，还有大瓶的饮料，许多小食品。饿着肚子是没法远足的。

他还给自己准备了运动衣和旅行鞋。

另外还要准备些红药水，如果花眉儿登山摔破了腿，红药水就用得上了。

还有足球，如果远足的时候，遇见了好的草地，可以踢足球。

还有一条很结实的绳子，也许登山的时候用得上。

还有随身听，有优美的音乐伴着，远行就不会觉得累。

还有……数不清了，反正毛尔冬把他的旅行包塞得满满的之后，才睡下。

早晨，闹钟一响，毛尔冬就背着他的旅行包出了门。

花眉儿已经在小河边等急了，远远的，她看见一只巨大的乌龟朝这儿爬过来。她自言自语地说："好大的乌龟呀！他要是去远足，等爬出去，就是第二年的春天了。"

等鸟龟爬近了一看，原来是毛尔冬！

毛尔冬把巨大的旅行包往地上一放，擦着汗说："所有远足的东西都在包里，我们走到哪里都不怕！"

花眉儿说："太好啦！"

毛尔冬和花眉儿一起抬着旅行包，慢慢地往前走。

没想到，沙啦啦，下起雨来。

花眉儿说："快把雨伞拿出来！"

毛尔冬说："哎呀，忘了带雨伞！"

雨越下越大，躲又没处躲，藏又没处藏，怎么办呢？

毛尔冬出主意说："我们先跑回去躲雨，等雨停了，我们再去远足，好不好？"

花眉儿说："好主意。"

他们把旅行包放在小河边，往家里跑去。

过了很久，雨才停下来。

毛尔冬和花眉儿来到小河边，旅行包没有了，只在地上留下了一道长长的痕迹。

"怎么回事呀？"花眉儿问。

毛尔冬说："一定是旅行包等不及我们，自己远足去了。"

花眉儿说："我们快去找它吧！"

"好吧！"

毛尔冬和花眉儿沿着旅行包留下的"足"迹，向前走去。

毛尔冬和花眉儿的远足，就变成了寻找旅行包之旅。

想飞起来的毛尔冬

小狮子毛尔冬厌倦了当一只小狮子，那都是因为前天夜晚的一个梦。在梦里，他飞起来，在蓝天上跟大老鹰比赛。等醒来，别说是飞上蓝天，就连门前的那棵小矮树都飞不上。

毛尔冬坐在门前傻傻地望着天空中的小鸟，想着心事：跟小鸟一样，我全身都长着毛，为什么我就飞不起来呢？也许让医生老妙打一针，就可以了。

毛尔冬慌忙去找医生老妙。老妙听了毛尔冬的想法，说："对不起，毛尔冬，我没有能让小狮子飞起来的针！"

"能飞起来的药片有没有呢？"毛尔冬不甘心。

老妙把他的五颜六色的药片看个遍，还是摇头。

毛尔冬失望地回到家。妈妈问他为什么闷闷不乐，毛尔冬告诉了妈妈他的梦想。

妈妈望着天空说："想想吧，有一只全身是毛的小狮子在空中飞……这可能只有在梦里才会出现吧！毛尔冬，快躺下做个梦！"

毛尔冬不想在梦里飞，他想和小鸟一样，在醒着的时候，一边唱歌，一边飞翔。

也许表妹花眉儿会有办法！毛尔冬飞快地翻过山头

去找花眉儿。

花眉儿听了毛尔冬的愿望，把毛尔冬带到一家照相馆，让摄影师给毛尔冬拍了一张很大的照片。照片上，毛尔冬张开双臂，一副展翅飞翔的样子。毛尔冬看了照片，仍然不开心。

花眉儿用剪刀把毛尔冬的照片剪成小鸟状，做成一只大风筝，用一根很长很长的线拴着。等大风一起，花眉儿一扬手，毛尔冬风筝飞到了天空。

"看哪，毛尔冬，你飞起来啦！"花眉儿喊。

毛尔冬抬头一看，啊，自己正笑眯眯地伸着两臂飞在空中，而且越飞越高。

"我飞起来啦！我飞起来啦！"

毛尔冬抓着风筝线，从这个山头跑到那个山头，毛尔冬的照片也从这个山头飞向那个山头。

哈哈哈！谁说小狮子飞不起来，毛尔冬就在蔚蓝蔚蓝的天空中飞翔。

毛尔冬和呼呼呼

小狮子毛尔冬和表妹花眉儿是同桌，他们都是小狮子学校一年级的学生。

最近，森林里的树变少了，灰尘变得多起来。

花眉儿每天到学校的第一件事，就是用抹布擦桌子。把桌子擦得闪闪发亮。毛尔冬就坐在旁边看花眉儿擦桌子，脸上笑眯眯的。

"毛尔冬，你为什么不擦桌子呢？上面有很多灰尘啊！"花眉儿说。

毛尔冬说："看我的。"

毛尔冬鼓起腮帮子，呼呼呼，连吹三下，好像刮起了大风，他桌子上灰尘飞扬起来，在空中跳着舞。花眉儿被灰尘迷住了眼睛，呛了嗓子，咳嗽起来。

毛尔冬说："花眉儿，看我的桌子。"

花眉儿看看毛尔冬的桌子，哇，干干净净！

毛尔冬说："又简单，又省抹布。"

花眉儿佩服地说："毛尔冬，你的三声呼呼呼，好厉害呀！"

毛尔冬很得意地笑了。

花眉儿看看自己的桌子，刚刚擦过的桌子，又落了一层灰，原来毛尔冬吹起来的灰尘，都落到花眉儿的桌子上了。花眉儿只好又擦了一遍。

从此，每天毛尔冬都要在桌子上呼呼呼吹三下，花眉儿呢，得把桌子擦两遍。

毛尔冬回到家，也用起他的呼呼呼。

他要在餐桌上吃饭，呼呼呼，餐桌上的灰尘就跑到了沙发上。他要坐在沙发上看画报，呼呼呼，沙发上的灰尘飞起来，飞到床上。他要睡觉，呼呼呼，床上的灰尘跑到哪里去了呢？毛尔冬才不要管呢，他要睡觉了。在梦中，毛尔冬还在呼呼呼地东吹吹、西吹吹。

早晨，毛尔冬伸了个懒腰，他听见小鸟在叫，春风在刚发芽的树上吹着。

"噢嗬，春天来啦，我得打开窗户，让春天进来。"

毛尔冬从床上跳起来，猛地打开窗户。

呼——

毛尔冬屋里所有的灰尘都被春风吹起来，春风的力气比毛尔冬的力气大多了。屋里的灰尘飘啊飘，你猜最后都落到哪里去了？对，全落在了毛尔冬的身上。金色的毛尔冬变成了黑色的毛尔冬。

毛尔冬跑到学校。

花眉儿看见黑乎乎的毛尔冬，大叫一声："啊，狮子鬼——"

毛尔冬说："我是小狮子毛尔冬，风吹了我一身灰尘，快帮帮我！"

花眉儿说："好，我们来帮你。"

花眉儿叫来全班的小狮子，一齐朝黑乎乎的毛尔冬吹去。

呼呼呼——

毛尔冬身上的灰尘朝天上飞去，跟着飞上天的，还有小狮子毛尔冬。他飞过学校的屋顶，飞过绿的树，一直向一朵白云飞去。

虚惊一场

夏日，是捉鱼的好季节。小狮子毛尔冬约表妹花眉儿去小河里抓鱼。

毛尔冬背着鱼篓，嘴里哼着歌，快步向小河走去。

正走着，忽然腿一软，毛尔冬摔了一跟头。怎么回事？好好的，又没石头绊脚，怎么会跌倒呢？毛尔冬摸了摸自己的腿，心一下提起来，他在腿上摸到一个大鼓包。"啊，一个大瘤子！"好可怕呀，毛尔冬吓坏了。躺在地上，一动也不敢动，放声大哭起来。

花眉儿在小河边没等到毛尔冬，却听到毛尔冬的哭声，她赶紧跑过来。

"你摔倒了吗，毛尔冬？"花眉儿问。

看见花眉儿，毛尔冬哭得更凶："我的腿上长了个大瘤子，我要死啦！"

花眉儿摸了摸毛尔冬的腿，摸到了那个大瘤子，吓得"哎呀"一声，就说不出话来，还用手捂着嘴巴。

"怎么办呀？"毛尔冬害怕得浑身发抖。

花眉儿哆哆嗦嗦地说："我们不捉鱼了，我送你回家吧。"

腿上长了这样大的瘤子，怎么走路啊。毛尔冬哭哭啼啼地说："我的腿痛得站不起来，你得背着我。"

没办法，花眉儿背着毛尔冬，提着空鱼篓，一步一步，艰难地往家里走。毛尔冬的泪水一滴一滴，打湿了花眉儿的肩膀。

看见花眉儿背着毛尔冬回来，毛尔冬的爸爸妈妈不知发生了什么事，把毛尔冬抱到床上。毛尔冬抱着腿呻吟："我的腿长了个大瘤子，痛啊，哎哟哎哟！"

妈妈一听，吓得心"怦怦"跳，她轻轻地摸了摸毛尔冬的腿，惊叫道："啊，真的！"

爸爸慌了神，急忙去找医生老妙。他跑得比风还快。

眨眼工夫，爸爸带着老妙来了。毛尔冬一见老妙，叫得更惨了。老妙说："毛尔冬，别怕，告诉我，你是什么时候发现腿上长瘤子的？"

"刚才。他的腿痛得不能动，还是我背他回来的呢。"花眉儿替毛尔冬回答。

毛尔冬泪流得像小河，他觉得呼吸好困难啊。

"别动，毛尔冬，我来摸一摸，看这个瘤子到底有多大。"说着，老妙把手伸进了毛尔冬的裤腿里。

"老妙，轻点，再轻点！"毛尔冬叫。

毛尔冬紧张得不敢呼吸，一只手紧紧地抓住妈妈，一只手紧紧地抓住花眉儿。

摸着摸着，老妙笑了，他说："哈哈，我现在要把瘤子拿出来了！"

"啊，痛！"毛尔冬大叫。

不管痛不痛，老妙一下就把手拿了出来。真没想到，他手里拿着一只卷成一团的袜子！

大家看看毛尔冬的两只脚，一只穿着袜子，另一只呢，光光的，什么也没穿。哈哈哈，大家都笑了。

毛尔冬当然也笑了，他一跃跳下床，腿一丁点儿也不痛了。

毛尔冬的好东西

小狮子毛尔冬有许多好东西，红色的树叶，毛毛虫的空窝，孔雀尾巴上的毛，一块长得像小狮子的青石头……多得数不清。毛尔冬把他的好东西都摆在外面，桌子上啦，床上啦，凳子上啦，到处都是，这样躺着能看见好东西，坐着能看见好东西，走来走去，还能看见好东西。好高兴啊！毛尔冬不停地收集好东西，后来，他的好东西就更多了。多得床上放不下，桌子上放不下，凳子上放不下，只能好东西挤好东西，好东西摞好东西了。

"哈哈，真好，我有这么多好东西！"毛尔冬很满意。

一个刮着风的晚上，毛尔冬一个人待在家里，好无聊。这时候，躺在被窝里看一本《小狮子乘风去旅行》的画册，真不错。好，现在就看。可是画册在哪里呢？《小狮子乘风去旅行》是一本很漂亮的画册，当然是好东西，好东西当然就放在好东西堆里。哦，它在哪里呢？嗯，不在床上，就在桌子上，不在桌子上，就在凳子上。毛尔冬在好东西堆里扒呀扒，找呀找。床上，没有。桌子上，没有。凳子上，也没有。它在哪里呢？毛尔冬太想看这本漂亮的画册了。越找不到，越想看。啊呀，怎么会失踪了呢？那可是一本少不了的画册呀，是真正的好东西哩。是不是被别人借走啦？不对，上次表妹花眉儿来借这本画册，就没找到呢。今天一定得找到。找不到就不睡觉！

最后，毛尔冬在床底下找到了漂亮的画册。好东西太多了，有的好东西就被挤掉了。

"啊，太好啦！"毛尔冬擦去画册封面上的灰，咧开嘴笑了。

可是，毛尔冬笑着笑着，就打了个大哈欠。好困哪。看看钟表，啊，都 12 点了！毛尔冬躺在床上，画册还没打开，就呼呼地睡着了。

第二天，是个大晴天，风还刮着呢。"是个放风筝的好天气呀！"毛尔冬把他的画册忘了，他要找他美丽的风筝。风筝在哪里呢？当然在好东西堆里啰。毛尔冬又开始在好东西堆里找他的风筝了……

好朋友的饼干

夏天，小狮子毛尔冬的表妹花眉儿要去凉快的大森林度假。

毛尔冬舍不得花眉儿离开，他们是好朋友呢。花眉儿说："我会给你写信的，装在最花的信封里寄给你。"

毛尔冬坐在大石头上，看着花眉儿的身影走远。

不久，毛尔冬收到了花眉儿的信，是一个草绿色的信封，上面印着粉红色的小碎花。毛尔冬马上写回信，他有一块很棒的饼干，要告诉花眉儿。

毛尔冬把饼干放在写字桌上，一边看着饼干，一边写回信。他在信中写道：花眉儿，要是你在多好呀，我把饼干掰一半给你吃。

寄走了信，毛尔冬就天天拿着饼干等回信。每天早晨，他都坐在大石头上等邮递员。邮递员骑着丁零丁零响的自行车，冲毛尔冬摇头。

这一天，邮递员终于说："毛尔冬，你的信！"

信正是花眉儿寄来的，她很想知道饼干是什么样的。

毛尔冬铺开纸，用蜡笔在上面画了一块很大的饼干，给饼干涂了浓浓的黄颜色，再涂上巧克力花边。想了想，他又在饼干上画了一只小狮子，是他自己。他把这一大张纸寄了出去。

花眉儿看了毛尔冬的画，笑了，啊，真是一块很不错的饼干呀，就急忙回信问：饼干甜不甜？

这下，毛尔冬可不知道了。他一直留着饼干，等花眉儿回来，还没咬一口呢。怎么办呢？毛尔冬想啊想，他打算把饼干寄给花眉儿，让她尝一尝。

花眉儿好像知道毛尔冬的心思一样，写来一封快信说：不要寄饼干来，我的邮箱下住着蚂蚁一家，他们会偷走饼干的。我决定不度假了，回去和你一起吃饼干。

收到信，毛尔冬好高兴啊。他站在大石头上朝远处看，希望能看见拎着大旅行包的花眉儿。

很快，花眉儿回来了。

"那块很棒的饼干在哪里？"一见到毛尔冬，花眉儿就急切地问。

毛尔冬拿出一只盒子，掏出那块保存了很长时间的饼干。可是，它已经发霉了，变成了毛茸茸的一团。

但是，两个好朋友还是对着饼干看了很久很久。

我们一起数星星

小狮子毛尔冬和表妹花眉儿是最最要好的朋友，毛尔冬希望一会儿也不要和花眉儿分离。可是，花眉儿说："我得回家睡觉。"

真没办法，毛尔冬只能眼睁睁地看着花眉儿翻过山头，回她的家了。毛尔冬坐在夕阳里，很伤感，"要是花眉儿一刻也不走开该多好哇，我还有好多好多话要对她说。夜晚我们还可以一起数星星。不知道花眉儿夜晚数不数星星。好吧，明天我来问问她。"

早晨，毛尔冬踏着露珠，一蹦一跳地朝山头那边看，正好看见花眉儿跑过山头。

花眉儿问："你是在等我吗，毛尔冬？"

"对呀，我是想问问你，夜晚你数不数星星？"

"数的。有时候，我睡不着，就趴在窗户上数星星。"

"你和谁在一起数星星呢？"毛尔冬眼睛一眨不眨地看着花眉儿。

"和谁?"花眉儿思考了一会儿，说，"就我一个人。"

毛尔冬笑了："那你想不想和另外一个人一起数星星呢？你不觉得两只小狮子在一起数星星，比一只小狮子数星星有意思得多吗？"

花眉儿说："当然想，可是，我们家只有我自己呀。"

毛尔冬还想说什么，但是，他没有说，他拿出最后一块点心，想分成两份儿，结果，点心太酥了，碎成好几块。他们只好趴在桌子上，你一小块，我一小块地吃着。吃完点心，他们还去小溪边喝了几口清水。好长时间，毛尔冬都不说话。

"你心情不好吗？你为什么不说话呢？"花眉儿从大青石上滑下来，问道。

毛尔冬正好可以把刚才想说的话说出来了："如果你想和另一只小狮子一起数星星，你可以住在我家啊。"

说完，毛尔冬期待地望着花眉儿。

花眉儿摇摇头说："不行，我夜晚得睡在家里看门。"

毛尔冬好失望啊，他轻声问："那，什么时候你才肯陪我一同数星星呢？"

花眉儿想了想，说："要是你生病了，我就陪你数星星。因为我得照顾你呀。"

毛尔冬回忆着，他好像从来没有生过病。这真是一件糟糕的事情。他在大青石上滑得比刚才快多了。

一会儿，刮起风来，有一片草叶正好刮进毛尔冬的鼻孔里，他忍不住打了一个大大的喷嚏：阿嚏——

"你感冒了吗，毛尔冬?"花眉儿问。

毛尔冬正想回答不是，一下子想起了什么，就说："我好冷呵!"

花眉儿肯定地说："你刚才喝小溪里的水喝得太多了，得了感冒。"

"唔。"毛尔冬含糊地点了一下头。

"别怕，我有办法治你的感冒。"

花眉儿扶着毛尔冬回家，让他躺在床上，给他盖上两层厚被子。

"别动，你得出一点汗。"

说着，花眉儿就去忙碌起来。

毛尔冬从床上悄悄地探头看看，见花眉儿正在灶前用红通通的火烧水，她准备给我做什么好吃的呢? 毛尔冬想。

一会儿，花眉儿端来一大碗滚烫的水，说："快趁热喝掉，对你的感冒有好处。"

毛尔冬一口气喝光了热水。

"你暖和一点了吗?"花眉儿问。

毛尔冬想了想，摇摇头。花眉儿忽然想起了什么，叫道："啊，我忘记在里面放上姜和葱了，你刚才喝的是一碗白开水呀!"

花眉儿又慌慌忙忙去找姜和葱。

毛尔冬摸摸肚子，热腾腾的，他偷偷将被子掀起一条缝，让风把肚子上的热气吹走。

过了一会儿，花眉儿又端来一大碗热汤。

"快，这才是治感冒的汤。"花眉儿说。

毛尔冬喝了一口，好辣！他从来没有喝过这么难喝的汤。花眉儿一定要他喝，毛尔冬只好一小口一小口地喝，喝一口，咧一下嘴。

花眉儿用被子把毛尔冬盖得严严的，说："一会儿，你会出很多很多汗。"

毛尔冬热得像蒸笼里的馒头，但花眉儿只让露两只耳朵出来。

花眉儿说："我给你讲个故事吧，你的感冒会轻一点。"

花眉儿讲了一个很长很长的故事。

在花眉儿讲故事的时候，天黑了。星星一颗颗出现在天上，挤到窗前，要听故事的样子。

"一颗、两颗、三颗……"毛尔冬轻轻地数起来。

"四颗、五颗、六颗……"花眉儿停止讲故事，也跟着数起星星。

忽然，花眉儿问："毛尔冬，你的感冒好了吗？"

"啊，我好啦！我们一起数星星，好不好啊？"毛尔冬猛地掀开被子。

"再没有这么好的事情了！"花眉儿说。

"七颗、八颗、九颗……"

两只小狮子在一起数星星，是天底下最快活的事了。